Good Morning, Island

早安，島嶼

一位香港女生旅居台灣的生活分享

MiniCherryb 陳盈盈 著

總幹事序

想像生活的可能

香港青年協會本年度「青年作家大招募計劃」其中一位獲選青年——陳盈盈，是一位在香港土生土長的女生。她在書中以生動的文字記錄「旅居」生活點滴，分享不一樣的生活體驗。

在每個人心目中，或許都有一座理想的「島嶼」。我們努力以不同的生活方式，全情投入，專注此刻、享受當下。

無論是人稱寶島的台灣，或是香港的南丫島，在陳盈盈筆下的「島嶼」生活，都是真切且具感染力，把「生活充滿百樣可能」的理念，活現讀者眼前。

我們盼望，年輕人都能夠擁抱對生活的熱誠，勇於想像生活的可能，突破局限，從不同試驗與實踐中，創建一種愜意的生活方式，找到屬於自己的理想「島嶼」。

生活，總是充滿選擇和期盼。

何永昌先生
香港青年協會總幹事

作者序

生活是有所選擇的

有時，我也會厭世，放任地吃薯片喝汽水，但出發旅居之時，我的人生沒有遭逢巨變，家人愛我、朋友愛我，我沒有情緒困擾，所以有些情緒我沒法體會是怎麼樣的難過，但我會陪伴你，用文字跟你並肩而坐，我們可以一起痛哭，一起把能安慰你的文字圈起來，我只能做到這些，但我願意，像你的呼吸一樣陪伴你。

我們對於未知，製造了恐懼、擔心，又一直害怕別人如何看待自己，不能成為世上的好孩子，我們擔心因為我們不夠「乖」令愛我們的人失望，在這樣的環境生活，我們時刻在腦袋內編寫許多悲劇小故事，然後告知自己生活就只有一種方法。

在這星球的人們，在通往那唯一生活方式之時，每遇到關卡，便會沮喪，很想放棄，前路茫茫。當這種生活方法失衡或未如所想，我們便認定自己把人生搞砸了。

真實是這樣的嗎？

我在主流媒體工作了八年後，開始旅居台灣三年，及後回來香港一年，現在又重新開始旅居台灣的生活。最常被問到：「旅居三年多，是怎麼維生？」、「這是你的生活，我沒法這樣選擇。」等等。但實在是踏出第一步後，所有的事便會來，但謹記自己的專長，務必利用專長來維持生活，只是多一種選擇，每人都有其限制而有其選擇。

經驗生命　點亮島嶼

在這星球有天亮便有黑夜，有光明便有黑暗，我們可以花時間思考這些「為甚麼」的問題，而我也認為值得花時間思考。但同時也請謹記技能總是熟能生巧，日復日之後，總會天亮，我們一起用生命經驗生命。

謝謝世上的人們，緊守崗位，以熟能生巧的技術成就了我在宇宙的第一本書。

謹以《早安，島嶼》跟讀者分享，生活或者有選擇。

陳盈盈 MiniCherryb

香港青年協會「青年作家大招募 2019」獲選青年
《早安，島嶼》作者

Facebook：今日大吉
Instagram：mini_todayholucky

推薦序

在旅行中度假　在度假中旅行

「旅行」和「度假」乍看是兩件相同的行為，意指離開熟悉、固有的居住環境去另一個地方走走看看。但是若仔細拆解分析，便會發現兩件事情在本質上的不同。對我來說，旅行的重點在「行」，腳步總是保持在移動的狀態，並在起點與終點之間、抵達與告別之間，為自己的旅途留下一段段鮮明的註腳。

而度假的重點則是「度」，本意是「經過一段時間」。旅人停留在某一個地點度過假期，而這段假期的長短並不局限於時間的實質意義，而是著重在心境的感受。短則 30 分鐘的咖啡時光、兩天一夜的野地露營，長則兩周的民宿換工，甚至為期數個月的異地移居，都能讓人將旅程內化為一篇篇獨具個人意義的章節。

經過這番解釋，似乎會讓人誤解兩者的壁壘分明，但實際上，旅行與度假並無法像油與水一樣做出清晰的切割。真實的狀況是：我們在旅行中度假，在度假中旅行——這是最完美也最適切的狀態，藉由一段時日產生與人和土地的連結，並在動靜之間掌握微妙的平衡，去體驗、去學習、去獲得，如同我見到的 Cherry，總是勇於在不同領域重新詮釋生活的樣貌，讓「旅居」二字變得立體而深刻。

或許是因為旅居的時間有限，所以在我印象中的 Cherry 總是活力十足，她創辦獨立刊物，學習創作，擔任寫手，或是在民宿擔任小管家，以異鄉人的身分成為客席主人並招待來自各地的旅人——這多麼具有啟發意義啊！倘若我們皆能以異鄉人的視角檢視周遭習以為常的土地（或者說，這塊島嶼），時時保持好奇、好聞、好學的態度，保持探索四方的熱情，必定能為生活帶來更多風味。

過去我把「旅居」視為在旅行中的短暫居留，自己僅是一個萍水相逢的過客。但 Cherry 讓我體會到，所謂旅居，實際上是在居住狀態中保持旅行的心情，無論家鄉何在。

楊世泰（阿泰）
著有《山知道》、《步知道》、《折返》
Facebook : taitailivewild

推薦序

不停步冒險的心力

一早乘船上班去，坐在渡輪後座露天位置，風和日麗，沿路景致乃波浪、小島，映照早上的陽光，實在是非常治癒心靈。新搬來坪州的我覺得這就是最大的禮物之一。

我在想，也許我也在不停搜索移住的可能性吧。但我只限於香港，不像Cherry，在台灣遊走實驗，我想，那才像樣，充滿活著的能量，跟大眾的想法相反——他們也許用畢生積蓄買下磚頭，但換來是壓力，和無法（或難以）改變的局面和眼界；而在我角度，人定期換轉角度和眼界看事物，對心靈才好，但也需要有不停步冒險的心力。

定期移居就達到這個目標了。很高興Cherry在摸索中慢慢找到自己的路。認識她是因爲《今日大吉》這本獨立自資山旅刊物，記者的眼界和分享慾，已使那幾本刊物盡顯她那個性和執著（笑），很有意思。今次她出書了，是真真切切的台灣在地旅居心路的記載，可作為參考指南，我更希望它可以啟發更多人（特別是年輕人），活著的可能性，而非一味向大隊靠攏或留守原地。

4res
獨立出版人、設計師
小誌組織 Zinecoop 創辦人

推薦序

以不一樣的生活去尋找生活

上月Cherry以WhatsApp邀請我為她的《早安，島嶼》寫序，我即時回覆說沒問題，但在答應了她之後，我才認真地在想：其實我真的了解Cherry嗎?我真的能為她寫到點甚麼嗎?

事實上我和Cherry只是工作上的伙伴，絕不算是深交；在她旅居台灣期間，我除了偶爾找她當特約編輯外，根本都不會聊天。對她生活狀況的了解都是來自她Facebook上的動態更新。

不過看著她隻身一人到異地開展新生活，由新北投開始一路到東北海岸露營、到台中登山、到台東學瑜伽、到台南生活，跟著又回到香港的南丫島；在沒有固定職業和收入的情況下，還獨力出版小誌《今日大吉》，那份能耐和堅持都叫我肅然起敬，所以我最後還是決定硬住頭皮獻醜，以示支持。

認識Cherry大概是在2012年，那年我們正計劃出版《GO OUT》國際中文版，需要招聘編輯，某位朋友就向我推薦了一個同時身兼輔警和雜誌編輯，綽號「師姐」的女孩子（香港人都會把女性警員俗稱為「師姐」）。朋友還說師姐很喜歡攀山涉水，又會露營，結果我就約見了Cherry。

依稀記得她的履歷表上填寫著女童軍的資歷外，還是香港航空青年團某中隊的隊員。我對制服團體的認識不深，但至少都知道無論是童軍、航空青年團或輔警都十分講求紀律，所以認定眼前人是個有「分寸」的人，再加上她擁有數年的媒體工作經驗，我就知道師姐必定比誰都勝任當《GO OUT》國際中文版的編輯。而在往後接近三年的合作時間裡，這位女生對工作的熱誠、對山野和露營的知識，還有那廣闊的人脈和超強的親和力，都實實在在地展現在我眼前，又或躍然於紙上，我們打從一開始就選對了彼此。

及後於 2015 年的初夏，Cherry 突然向我請辭說要去進修兼體驗生活云云，在收辭職信那刻我在嘀咕著「這天終於來臨了」。在共事三載的時間裡，我其實已知道《GO OUT》國際中文版這個籠是困不住這隻鳥的，因為這個女生對生命和生活都很有自己的想法，她所追求的更不是高薪厚職，而結果，她就從那年秋天開始踏上了旅居的生活。

在現今的香港想完全地忠於自己，過自己想過的生活其實一點都不容易。即使你沒有家庭負擔不用供養父母，還是會有很多世俗的包袱讓你沒法隨心所欲，不過 Cherry 已為大家示範了何謂「生活還是可以有很多選擇」。她以不一樣的生活去尋找生活，漸漸地就找到了自己，找到了最愛的生活方式。我希望每一位讀過《早安，島嶼》後的朋友都能透過 Cherry 的文字獲得勇氣和鼓勵，像她一樣踏出自己的「尋找生活之旅」。生命和生活的可能性從來都掌握在我們自己手中，愈是敢於推倒重來，愈能找到明媚的風光，找到更壯闊的出口。所以，啟程吧！

陳國豪 Kenneth Chan
前《GO OUT》國際中文版主編
Content Director @ Mounster Media
Wechat account : mounster 山系文化
Instagram: mounstermedia
Personal Instagram: silverkick

目次

總幹事序

作者序

推薦序

第一章　你都可以旅居

第一章

你都可以旅居

宇宙萬物定當以「居」的考慮為首，無論是買樓、租樓、跟家人住、和朋友夾租、住宿舍……生命中有了一個「竇」，不管時間長短，生活總是由此而起。2015年開始，我嘗試在台灣「旅居」，旅居即比旅行時間更長，但又比移民簡單，香港人可在台灣「旅居」最長時間為六個月，出境後又可以即時回台灣，因為有著這半年的限期，每日變得更為珍貴。在這個島嶼，即使是旅居，我也不斷嘗試「住」的可能性，在旅居生活中，探索「居」跟生命的關係，除了安全感外，將會帶給我甚麼的經歷呢？

在旅居的過程中，「旅」自然成了重要的一部分，台灣這島嶼對香港人來說，本來就百來不厭，對我來說更是包括許多主流媒體未能花時間去詳細報導的生活方式，當決定了旅居台灣，長時間的旅程便有了更多選擇。不同於短暫假期，旅居可以對島嶼的文化有更深入的體驗，從前旅行一直掛在嘴邊「今次時間不夠，下次有機會一定再來」的「一定」，終於可以好好去感受。2015年開始，我選擇住在離台北車站40分鐘車程的新北投開始，原本只打算旅居半年的我，在島嶼發掘及接觸到不同的「旅居」方式後，發現：如果單是居住就有這麼多可能性，生活可以更精彩吧。

1.1 溫泉國度 半山文青合租生活

北投有很多溫泉旅館，甚至有內建溫泉設備的住宅，從前到現在泡溫泉也是我來台北必做的事，來台北旅居的第一個秋天，偶然有機會可以住在北投的古舊宅，雖然沒有自家溫泉，但是在公寓樓下便有免費的溫泉泡腳池，也是多麼令人感到幸福的事！2015年的秋天到初冬，我就和漂亮又有氣質的台灣建築師芝樺小姐一起同住，成為室友。

那是多麼美好的陽光，灑進書桌時還帶有硫磺味，建築師室友常常接到外市的工程工作就不住在家，所以當我們同在家時，便會吃著北投「拾米屋」或「來北投泡咖啡」的甜點，喝著手沖咖啡，一張大桌上面對面而坐，窗外的硫磺味及熱氣在初秋正好升起。這個位於小半山的公寓，附近大多數居民都是長輩，也算是台北比較中產的一區，雖然屬於捷運觀光區新北投站，但也必須走20分鐘山路才可回家，避過繁華鬧市，所以是很安靜，住下來才發現安靜得走路也要踮起腳尖。

我們很容易看到美好的一面，在台北生活即使是合租，也要負擔比其他城市昂貴的租金，旅居不可以在台灣工作，因此更要想法子利用租下來的空間創作更多的事。非常感謝氣質建築師，把房子顧得很好，讓我可以利用很多漂亮的傢具、裝潢拍照，我的第一本《今日大吉》小誌出版

▶每次倚靠著窗邊，便可感受到北投的熱氣，皮膚都可以隨手接觸到空氣中的溫泉分子。

▶新北投的泉源公園溫泉泡腳池園區就在家旁！

▶室友芝樺小姐帶我去品嚐北投山上的《來北投泡咖啡館》，現在已結業，卻又是多麼令人懷念的美好時光。

▶有了朋友，就有家人，旅居要找當地人作為室友，最快融入社區之中。

▶能有這種室友，真是修來的幸福，現在已為媽媽的芝樺小姐，一直都是我旅居時的台灣明燈。

宣傳照也在這裡完成拍攝的。在這暫住一季的地方，是我人生第一次擁有「室友」的經驗，這位溫柔的室友現在已經是香港人妻，在你讀到這篇文章時，她應該正在抱小女娃哄她睡覺，因為身分的關係，我們也常常討論香港及台灣青年面對的各種挑戰，及她對香港的看法，這種室友不只陪吃陪睡，也是在我剛開始旅居台灣的安慰。我們各自面對全世界青年都正在面對的問題，又同時一起用盡全力、方法去解決一切難關，甚至乎一起遇上近年來台北最大的颱風，一起撐過停水停電的三天，我們都相信北投這個地方擁有著特別多的高能量，在遠古火山爆發時就留下來了，所以才能一直湧上特別的溫泉，安撫疲憊的我們。

即使，不是旅居，新北投也是香港人來旅遊的好地方，台北最漂亮的圖書館在此，台北最高的七星山也在此，甚至台北唯一的大眾露天溫泉，穿上游泳衣，付上台幣40元便可以一泡再泡，而且是跟著當地的公公婆婆一起泡湯，當然也有日治時期的溫泉大眾湯，也有大型連鎖溫泉可以住上幾晚，總之住在台北溫泉區北投實在太美好了。

住在新北投時，也遇上了台北最冷的冬天，冷到我家附近的陽明山也下雪了。走到公寓的大門，就會看到一排又一排的汽車載著人們正要往山上賞雪，而下來的車都會放上小雪人在車窗前，不要忘記，這裡是台北，不是京都、北海道，連這次下雪的陽明山，也剛好給我遇上了。

1.2 當家如此的輕巧　肩膀便可鬆下來——露營

如果四面牆加屋頂就是「居」，那麼露營呢？我曾一個人在台灣東北海岸的金山沙灘靠著單薄的帳篷過了一晚，也帶著帳篷在島嶼的東海岸看過幾次日出，也在3,000米高山上見證了零下氣溫，這種登山露營是香港人較為熟悉的。

有聽說「芬多精」嗎？在陽光灑下的森林，植物進行光合作用時，植物的根、莖、葉會同時散發芬多精。芬多精可抑制細菌生長，也是樹木防止寄生蟲長成的方法，那芬多精對人又如何有幫助呢？當進入森林、自然之中，這個問題原來本身就不是一個問題。「我們為甚麼要跟自然分隔成你、我？」草地、森林，即使是沙灘或是設備完善的露營區，只要能聽到蟲鳴鳥叫，看到婆娑樹影，感受到冷抖熱汗，我們連結了自然，居於帳蓬之中，便能與芬多精同在，有助殺菌呀！

台灣的露營旅遊業發達，政府承辦或是私人的露營區到處也有，即使繁忙的台北，也擁有親切的付費營地，甚至可以睡在露營拖車上吹冷氣。初次跟著台灣露營達人去苗栗大湖見識，不單單震懾於台灣的自然山水，也十分好奇他們的豪華裝備！場地提供的設備，包括水、電、吹風機、熱水浴室，而大部分營地都可以駕車到達，汽車停在自己的帳篷旁邊，任何一種你想到的大型裝備，只要能放入你的車廂都可以輕易派上用場。而我的港式露營一人小帳篷，相對之下，變得有點孤單，但是也不打緊，因為這剛好成了打開話題的契機。

▲跟第一次見面的香港朋友爬上二千多米又下撤一千多米的台灣深山，大家目標就是在這天然堰塞湖露營，那天剛好是我的生日。

台東佔地很廣，在真柄部落露營，前有太平洋後有金剛山，五星級的家，由台北開車來需花五小時。◀

不同於住大廈，露營中的「居」是更貼近群居的生活模式，戶外廚房連天幕是幾家露營朋友一起分享的全開放式共廚，不管是清風、下雨、豔陽，天幕下成了大家的公共空間，有像香港地的天井，在這個公共空間，我們一邊分享食材、無分誰家的工具，便一起圍爐煮飯，然後分享彼此生活的方法。

旅居時，我不會放棄任何一個可以交流的機會，即使是一所暫時的居所。

因著彼此不同的露營方式，引來不少台灣朋友的好奇，由小帳篷引伸到狹小的生活空間，方便移動的露營模式，得到收納達人的美譽，我們謹以露營為例子，彼此便能更理解大家的生活，因為空間不大，我的肩膀反而可以更輕巧。

▲不少台灣品牌舉辦露營活動，甚至邀請不少日本戶外職人作台日交流。

▲有幸跟第一位也是第一對台灣夫妻完走 180 天太平屋脊步道的呆呆跟阿泰一起去露營，交流心得，就是露營最好的活動。

▲露營有很多形態，位於新北市的文山農場，近市區、配套完善，連娃娃也輕易在郊野中熟睡。

◀喜歡露營、嘗試不同方法露營的我，得到很多露營家庭的幫助，每次見面都懷著想念的心情，能在宇宙中遇上，下雨一起淋、晴天一起曬，分享微風、夕陽，非常感激。

▲位於雪山腳下的「七卡山莊」，是我第一次獲得台灣山屋體驗。

1.3

攀上山頂之巔前　山屋給我們的安慰

「山屋」是蓋於山中的房屋，但他不是香港50年代蓋在山邊的木屋，山屋建於高山之上，那是登山人士的定心丸、安慰劑。香港最高山峰不過九百多米，一天來回的「行山」方式佔香港登山活動的大多數，也鮮有幾天縱走的登山行程，因此香港並沒有山屋文化體驗。小時候嚮往睡在山屋是來自日本漫畫及無數的鬼故，也希望幾天的登山不用背帳篷。總期待在一兩千米中的山屋上會遇到來自不同國家的登山朋友，彼此喝著熱巧克力，訴說登山的遊歷。

入住山屋離不開登山，我第一次體驗的台灣山屋是位於台中武陵農場內雪山山系的七卡山莊，雪山高3,668米，四天三夜的行程，我們會住兩間山屋，另一間是位於三千多米高的

369 山莊。從登山口到七卡山莊不過兩三小時，加上七卡山莊的鬼故，許多登雪山的人也不會停留入住，但我們走休閒路線，而雪山畢竟是台灣第二高山，謹慎評估，還是入住，因此我們跟七卡山莊可以相處長達 12 小時，中午過後便到達了。

究竟台灣山屋有甚麼？

看漫畫裡日本富士山的山屋都有人在煮吃的，木屋建成，在氣溫接近零度的山上，大家捧著熱騰騰的拉麵，蒸氣充斥整個房間，彼此聊天，因為太累，大家都少了拘謹。哦！對不起，第一次的七卡山莊體驗，只有我的同行朋友，沒有其他隊伍。而且台灣山上的山屋都沒有任何小賣部，更何況拉麵跟泡溫泉？不好意思，都沒有。

但是蒸氣畫面還是有的，天氣愈夜愈冷，七卡山莊算是低海拔，又寬敞，分別設有坐椅、桌子的廚房餐廳，大門外也有像香港郊野公園常見的木桌。我們在門外的木桌用上登山露營煮食的設備生火，另外也可以付費請資深的登山協作員，專門背食材登山到山屋廚房煮

◀山莊的睡房內都不能煮食，所以設計好的山屋外會設有桌椅供大家休息、用餐。

出三餸一湯，那樣便不用自己背食材及燃料登山。

山屋是登山時最大的休息點，所以見到山屋，心靈就得到安慰，表示今天行程終於完結，或是有種「哦！已經走到這裡」的興奮。除了吃飯外，在山屋最多的活動就是睡覺，台灣山屋跟日本一樣都是長長的木板床，上下鋪。入住山屋也得事先申請，太多人同時申請還得抽籤，像我跟朋友一直抽不到台灣第一高山玉山的山屋，就沒法登山去，而台灣的山屋都是政府管理，到現在還是免費的，雖然是免費，但因為位於高山之上，才不會有人長住呢。

其實每次看到山屋的一隅時，都會有想哭的衝動，這有點像在沙漠看到水源一樣，不在乎長短、高低。有次入山後，雨愈下愈大，全身濕透、鞋子裝水的我們，站在山屋的小廚房片刻說不出話來，我們以為只有我們四人，後來午覺醒來，來了十幾位休班消防員，陽氣十足，圍著圈吃吃笑笑，終於有山屋情調。人生有許多回憶都不在順風順水的時候，刻骨銘心又會心微笑的經歷，通常都需要勇氣、汗水、雨水交集。

◀沒有華麗的餐廳，台灣大部分山屋都是上下鋪，如果需要山上協作員幫忙煮食，必須提早預約。

◀高山上，也可以請協作員幫忙煮食，因為第一次在台登高山，保留體力，因此我也請協作員煮食，山上的食物都是他們用體力背上山的。

山屋作為「居」的選擇，讓我們明白人在大自然之中極為渺小，尤其在高山之上，爬南湖大山的那次，帳篷都背上山了，到了山屋前也架起帳篷，但入夜天氣極寒冷還是讓我不得不爬入山屋，那次我自己準備的睡袋也不夠溫暖，睡在木板上，整晚在抖顫，差點冷傷，後來剛好睡在我旁邊的協作先生分我睡袋，才得以保命。山屋的居住環境極為簡陋，但也是登山者最高級最安全的享受，當我每次用雙腳走到山屋，便會更謙卑地生活下去，不期待不埋怨，感謝很多的原住民及協作員為登山者蓋好山屋，讓我們在高山中有了最溫暖的家。

▶最濕的山屋經歷在「奇萊山的成功山屋」，下著大雨走到山屋，是多麼令人感動的事，這樣的天氣，以為只有我們四人，後來來了17位休班消防員，濕冷的山屋，有人便有溫暖。

▶台灣山屋需要抽籤，有了山屋床位才可以申請入山，一直都在支持我登山的台灣好友——雪山小隊隊友！

▶坐在位於海拔 3,100 米的 369 山莊山屋，飄浮在雲海的上面，有如天空之城。

▼ 2017 年接到香港品牌的邀請合作，第一次遇上在花蓮七星潭的民宿。

1.4 住在民宿　就有了家人朋友

到台灣旅行，愈來愈多人選擇住民宿，體驗比酒店更有特色，更有家的住宿享受，民宿除了睡房外，也同時兼備客廳及廚房，有時甚至跟民宿小幫手或是房東一起生活幾天，這樣就有了海外的臨時家人。我在台灣也會安排小旅行，好好體驗台灣不同市鎮的風光，如果預算許可，都會選擇入住民宿。不同現代化的青年背包客棧，民宿房間相對較少，所以日租價錢也較上下鋪略高一點，雖然房間數目通常只有兩三間，但願意留在客廳聊天的客人也會比背包客棧的多，所以享受民宿的空間也成了小旅行珍貴的一部分。

民宿的選擇，我首選在地老宅，因為喜歡有故事的空間、也喜歡歷史，水磨石地板、木傢具、挑高樓底、採光大陽台，傢具的布局都呈現出屋主對物件、房子的珍愛。

有些老房子，因為久經年代使用，總有破損，或是擔心破損，所以開門、關窗等平日「快手快腳」的動作，也會在當下變得輕巧溫柔，腳步也頓時因為這些小小改變，而慢下來，住在老房子，覺得老靈魂也被喚醒了。這種體驗最能在台南感受得到，因為歷史關係，到古都台南小旅行的時候，不妨入住古都台南的老房子，你也會立即變成溫柔輕淑女。

台灣是島、環海，但每個面海的城市，都有不同的氣味，花蓮七星潭是野菊花的味道，要靠得很近很專注才聞到香氣，像花蓮廟口民宿，靠近深入其中，才親切地感受到當中的溫度，如果台南的民宿可以讓你變成紳士淑女，那住在花蓮七星潭的廟口民宿就可以讓大家找回真實的自己。

一家四口的民宿老闆住在自己搭建的頂樓，孩子童言童語，爸爸很帥、媽媽很美，跟大部分民宿不同的地方是客人跟這家人的距離很近：我們會幫忙老闆收掛號信、會開門給他們的裝修師傅，而跟孩子玩耍是必要做的事。旅居中的小旅行不知為何從來不缺時間，我樂意參與民宿家人的活動，而不止於只利用他們的空間，以日月星辰作時間的分配，餓了才吃，睡醒便喝咖啡。後來，我們都跟當天入住的旅客成為朋友，一起在旅程中慶生，抱著失戀的小管家，在短短的幾天聆聽大家的生活計劃，見證了民宿的新生命誕生，家人不用有血緣，就只要心中有愛。

▶旅居中的民宿體驗，包括為屋主簽收信件，就像家人。

▶究竟一間用心經營的民宿，安慰了多少人？又有多少人為這民宿注入滿滿元氣？

▲因為像家人，所以我們都願意花時間陪民宿小孩聊天，也特別珍惜這種難得的時光。

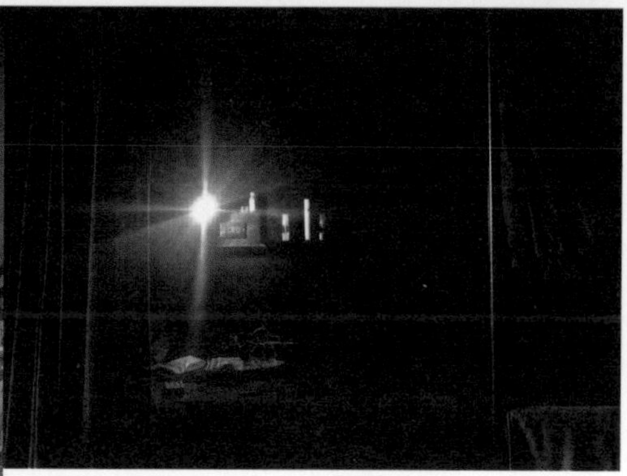

▲民宿，即使是上下鋪，只要想像睡在這兒的朋友能得到安慰，就會用心設計色調、燈光，使之成為旅人的另一個家。

▲能跟同是雙魚座的房客遇上，謝謝你們分享你們的故事，台灣人在台灣島內小旅行入住民宿是平常不過的事，我們不過是在尋找心靈上的答案。

1.5 因為學習而居　於山海之間

要拿到 RYT 200 的美國認證瑜伽老師資格，並不困難，無論台灣或香港也有許多這樣的課程，每星期一課或是密集課程各適其適都有，但我想在背山面海的地方學瑜伽呀！旅居行程之中有一種叫「學習」，因為「學習」我住在台東 16 天。

台東長長的，被兩條重要的山脈劃分成海邊及縱谷，這所沒有招牌的瑜伽學校位於東河鄉隆昌村，是海邊的台東，背靠海岸山脈，面向太平洋，海岸山脈很貼近海，所以我們又很近山，可是這邊的山只可遠觀，習慣在平地的我們是很難從這裡登山。我沒法抗拒這樣清靜的環境，大概像香港梅窩深山或白沙灣的感覺。

在台東，我住過豪華酒店渡假村、溫泉旅館、青年旅館、露營。但在這裡，為了學習修行瑜伽倒是第一次。

「我們同一間房間吧！」

到了集合的時間，乘坐偏鄉巴士在同一車站下車的人都是同學，四人一間小木屋，就這樣隨意地把四位女生湊在一起 16 天，17 位同學分到不同的木屋，沒有空調的 6 月台東是怎麼樣的呢？

因為有草地，我還搭好了我的小帳篷，就在學習瑜伽屋跟小木屋中間，一切都好完美。同學、老師都可以一起體驗睡帳篷，而且還很高級，可以睡枕頭！

為了學習的旅居，跟留學又有不同，留學是長期，甚至可以租住自己喜歡的房子，為了短期學習的旅居而走到偏鄉，最舒適安全就是睡在校園內，這種小木屋體驗，感受了附近兩次地震，睡在上舖的我，立即坐起來，同學卻說再睡吧。

在台東海邊感受地震，有如在火車路軌邊感受火車駛來的氣氛，非常貼近，住過三千多米高山，又回到與水平線平衡的地面，奇妙地寫著寫著都有熱感從背後升上。

◀小木屋只有電風扇，四位女生一間房間，也是我人生第一次體驗女子宿舍，還一起經歷了地震。

◀每日清晨5時起床，我們會一起走到海邊，呼吸最新鮮的空氣。

▲食材很接近大自然，學校附近的農地，都種滿「空心菜」。

▲住在木屋，學習也在木屋，午飯過後，我們也會在此午睡片刻。

▶在台東瑜伽學校搭好登山帳篷，讓同學也來體驗露營樂趣。

◀近台東市的的大海，比花蓮的太平洋好像溫柔一點，還是因為我們的心在16天的相處下，也變得溫柔呢？

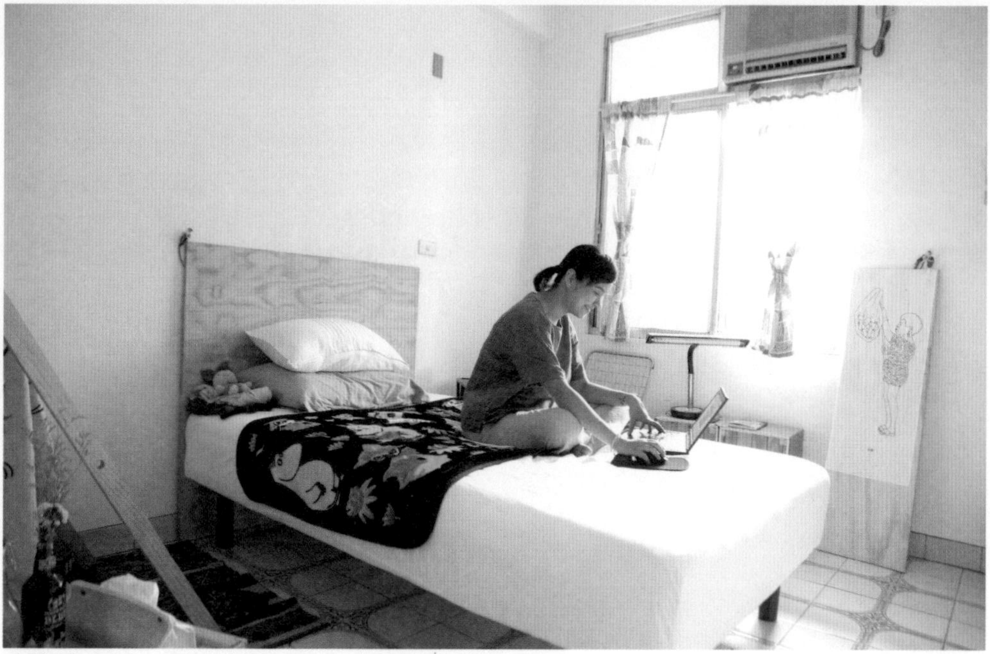
▲幫忙打理民宿，跟住民宿好不一樣呀！每天都有好多事做不完呢。

1.6 南下支援　被召來的寄宿小管家

這是還沒旅居台南前的事，約兩年前，當時我旅居台北已經有兩年多，慢慢地在媒體朋友及香港人的台灣圈子被知道，某天社交通訊軟件傳來：「你有興趣來台南幫我顧民宿嗎？」

關鍵字「台南」在眼前發著光，就這樣兩個月台南民宿代班小管家正式上任！這算是旅居中最長的「出差」，也是更深入體驗民宿文化的經歷。

如此，我拖著最小的行李箱坐了五小時車巴士從台北來到台南，6月的台南熱氣逼人，還得從車站走20分鐘到另一民宿拿鑰匙，但沿路的矮房子，小巷弄令人心曠神怡，跟台北的擁擠完全不同、比台東的山水鄉郊又更為繁榮。

你相信嗎？「嗅覺的回憶比視覺上的更為長久。」

我的外公外婆曾於柴灣漁灣邨生活過，那種舊屋村的氣味，有點潮濕但很是溫馨。打開台南民宿女子目民的大門，地磚顏色令我發呆了一回，關上門後，我直接坐在黃啡拼花地磚之上，深呼吸，是80年代風格的燈具、廚櫃、傢具！散發著那熟悉的味道，在台南這古都出現漁灣邨氣味，確實是驚喜又令人回味。

入住過民宿的我，以為接下來是平實的一人女子生活，並在這既懷舊又充滿無印良品風格的民宿跟台南的夏天和平相處，但其後每星期都有不同的客人來入住，時間其實不如想像中漫長。

房客會找民宿，民宿也一樣，這裡雖然只有兩間房間，卻一直吸引到珍惜它的人，甚至遇上成為良師益友的香港客人Emilie，一位來慶祝自己60歲大壽的客人；也跟挺著35周寶寶的台北好友及小姐姐共處三天；也有一位住了一星期來自德國的大學交換生；後來也有一位晚上11時多才入住，隔天早上7時又離開去台東上班的客人。

▲早上7時起來打掃，為客人準備最清潔的環境。

▲中午為露台的浪浪準備糧食。

不論時間的長短、國籍、語言，每一位旅行者都給我沒有想像過的經歷，與其說我是來做小管家，每夜為他們留一盞燈，不如說同是異鄉人的我，他們啓發了我的人生，為我在旅居台灣這事上，給我很多的支持。

在兩個月結束的當天我跟民宿的房東小姐，終於第一次見面，她回來台南，我回去台北，這只是台南故事的開始。

▲但快樂是，可以在露台欣賞吳園的好風光，夏天時還有小朋友打水戰。

▲然後又會有朋友帶毛孩來探望我，這樣的代班也真不錯。

▲有時剛天亮，又會擔心下雨天，客人來了會不能盡興。

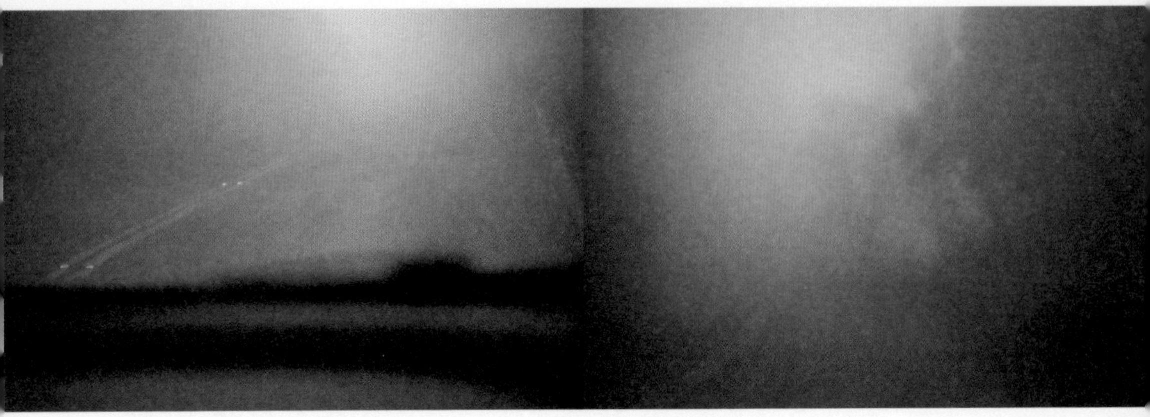

▲那綿長的公路，由晚上到清晨，一直持續大霧，才 11 月，誰會想到霧茫茫路滑滑？

1.7 一不小心，就在車廂裡睡覺

人生總在無意間在車廂裡睡覺，直到天亮。

難得很會開車的香港友人陳導演（又名「先生」）來訪台灣，當然要租車出遊！從前採訪，先生不但充當司機也是攝影師，在業界出名「手車好定」，於是我們帶上帳篷，決定由台北到近花蓮市的台東露營！這是一次普通又隨性的三天兩夜小旅行。駕車由台北到台東，大約需花五小時。途中，先生將會首次駛進聞名於世的「蘇花公路」，這也是我們這次旅程的目的。

對於睡車廂的畫面，通常停留在警匪跟蹤的情節，這次旅行我們其實沒有預計睡車廂，想著想著也好像是我人生第一次的經驗。

由台北到台東，可以走海線或山線，海線會經過東北角，一路上太平洋就在大家的左邊，而山線會經過近 13 公里雪山隧道，本來想走東北角的海線，我們忘了科技會帶大家走最快的路，就

這樣錯過了東北面的太平洋。就像在香港仔「時光隧道」到銅鑼灣一樣，從「雪隧」出來，眼睛沒法適應再次接觸城市風景的衝擊，即使宜蘭比台北有更多農田，更不像城市。

到了宜蘭，已經入夜，隨便吃過晚飯，「我想看宜蘭夜景。」宜蘭是平原，如要俯視宜蘭則要到山上，這是多麼香港人的想法！如是我又借用科技，找到宜蘭的「太平山」，上面標示車程是 1 小時 40 分鐘，還好呀。即使現在我爬過幾座台灣深山，這次路程，還是讓我冠為最難走的山路！

我相信這是唯一的經歷，在入夜走入九曲十三彎的山路，或者我們兩位都是挑戰型人士，又或者因為我們沒有別的計劃，外面愈來愈大霧，我們沒有一秒想過放棄，經過伸手不見五指的山路，在能見度極低的環境下，我們被太平山國家森林遊樂區的收費亭欄住，那是一座像獅子山隧道收費站的建築，上面的走馬燈說冬季早上 6 時園區開門營業！我看看手錶，才晚上 11 時多。

我知道太平山是一個遊樂區，而不是一個觀景台而已，卻沒想過它的面積是 12,930 公頃，而整個香港島才 7,859 公頃，差不多是兩個香港島大，更可況公園入口不是高處，兩邊都是山路，

▶我們就這樣在太平山國家森林遊樂區前，在車上睡了一晚，只記得又濕又冷。

▶後來天空沒有出現太陽，我們進入了園區，只看到沒有人的警崗及濃霧。

並沒有任何風景。如是我們就在走馬燈的照明下，包裹著睡袋在車廂中睡著，等待天亮後入園看「見晴懷古道」，好好看宜蘭。

在車廂內當然不好睡，也別問為何不搭起帳篷睡，因為太潮濕又累又黑，加上很多標示說明不可露營，我們都沒有他想，在半睡半醒之間，有一輛警察車入園，理所當然慰問一下我們為甚麼會在這裡，這種經歷實在有點尷尬又有點嚇人，後來天空沒有出現太陽，我們又在大霧中入山，又是一次長長的山路，連「見晴懷古道」的入口也沒看到！何況宜蘭的全貌？年少太輕狂的我們為了安慰受傷的心靈，就在鳩之澤泡個溫泉後，起程前往台東露營。

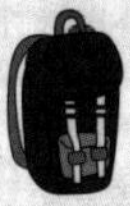

第二章

旅居在地學習

成為當地好學生

到現在我還不可自稱為手作人，手作這件事需要精益求精，花一生為研發，專注其中，以手作為生，才稱得上手作人或者職人。旅居不同於旅行，分別在於花費及時間長短，旅行是犒賞自己辛苦工作，花掉存款，轉換心情，增廣見聞的獎勵，但旅居因著時間較長，旅居者必需要一邊賺取生活費一邊維持旅程。所謂「學藝」就是在當地學習新技能，以當地的物資、技術來手作製成產品，再以全球通行的方式販售，這就是我在台灣旅居賺取生活費的其中一種方法，也是最快融入當地的方法。

另外，旅居因沒有固定的工作時間，生活有更大的彈性，卻又需要無比的自律，才能把握時機不浪費時間。定立目標最好在旅居的初期，因為剛剛離開長期工作的體制，內心對生活的不安感尚淺，在這時的行動力是最強的，自信心也是最旺盛。旅居初時「為世界留下甚麼」是我思考的關鍵，因此除了出版外，旅居中的學習新技能，也成了目標，或者你不需要長期旅居，也可以在一次沒有預期的長假期，來體驗學習些甚麼。

過了幾年，得到很多台灣朋友不吝賜教，獲得的及以學習得來的新技藝換來的，又豈只是旅居生活費？

2.1 點起那手工香錐 聞起大吉之香

有年夏天，在台南幫忙打理民宿，發現在台南特別多元寶蠟燭店，那是關於歷史，台南是台灣最早期被殖民的城市，在明清時間便有居民移居，也因此把廟宇文化帶來這裡，時至今日全台最早的天公廟就是在台南。有廟宇的地方就會有元寶蠟燭店，台灣稱為「金紙店」，連帶廟內神明用的手工刺繡掛布、燈籠製作店，都在台南市區五步一間，但最令我感興趣是「香」，到處都有50年歷史以上的香燭店，不只販售現成線香，也同時零售新山檀香粉、沉香粉，還有雕刻木神像。

難得來到台南半工半遊玩，打聽製香秘密，發現線香製作工具較多，不是入門級數。在網絡看過關於製香的技法，發現製作香錐不難，而且手工用的香錐「粘粉」，在台南一間歷史悠久香舖便可以購入，連製模器具也可以利用文件夾、紙膠帶製作，如是我便開始像魔女一樣，準備藥材！呀不是，是檀木香粉、楠木香粉、水、酒精和製模器。

就像料理一樣，過程中材料下鍋的比例最重要，做香錐的材料，不比較新鮮，甚至是愈陳價值愈高，大概可以理解成由木材磨成粉末加水製成固體三角錐的香錐，燃燒一顆大約高五厘米香錐，其實是在燃燒木材，任何一種木材都需要時間生長，所以除了看木材的出產地外，年紀愈大的木材也會比較昂貴。

檀木粉或沉木粉。

的膠模，再退模便形成。

◀台南日曬猛烈，作為街坊，在公共空間曬香成了自然不過的事。

◀香，不只是奉神專用，現代人點香也是心靈及空氣淨化的一種方法，也有驅蚊、安神功效。

做香錐時基本功就是「捏」，一次大約會做一百棵香錐，重複這種簡單的動作，的確是心靈的安慰，專注在一件事，無論是多麼的千篇一律，我們除了獲得純熟的技術外，心靈也因著呼吸而變得平順規律，這是我沒有想過得到的益處，畢竟台南夏天實在太熱，容易悶熱心煩，但一個下午過去，走到陽台看晚霞，原本的煩躁也好像跟著太陽一起下山去。

在製香過程我特別在意「曬香」這個程序，一定要「曝曬」三天，錐體內的香粉才會完全乾透，在台南夏天開始做香錐就最好不過。我相信曬太陽可以吸收高能量，就如曬完的棉被特別溫暖柔順，跟烘衣機出來的沒法相提並論。後來，我又回香港南丫島生活，在天台曬香錐，看著香錐的顏色有所改變，也成了我最期待的事。這些手工製作的香錐，混合不同的木材，成了我的產品之一，因為輕巧又獨特，方便郵寄出去，也成了我小小的收入來源。

▲第三期《今日大吉》在旅居三年後完成，也是集資計劃承諾的結束，第四期《今日大吉》將會於 2019 年年底出版。

2.2 握在手上的刊物　年月過去也能傳達實在的訊息

或者是因為生於80年代，成長到就業的歲月中，都能輕易接觸到實體紙本，一張宣傳單張、一張生日卡、一本不會發聲的圖書、一份真實的報紙等等，又多少因為實體潮流雜誌的工作經驗為大部分，所以在初來旅居時，本著重操舊業，只是換個報導空間，我要為自己出版一份《今日大吉》的實體刊物，把在旅居時的見聞，以文字、圖片加上排版刊印成40多頁的雜誌。

要打破十年前經營雜誌的手法，又要緊貼旅居在地的行銷情報，在2015年我決定使用網上集資這方法，雜誌的內容，選定了香港人喜歡的台灣戶外活動，由登山到自駕露營也有，甚至有戶外用品店的介紹，成功集資其實不難，只要要求的資金是合理的、印刷不多，再加上產品照片、文字的推銷就可以了？不，成功的關鍵是非常非常多好朋友的支持，及那八年的磨練。

▲這是第一期《今日大吉》，多得舊同事排版設計師 Stan 贈我首期的排版，才能有這美好的開始。

▶因為出版了《今日大吉》，所以有機會在台灣中華文化總會 2018 主辦的「誌世代 My Zine- 台灣 VS 荷蘭獨立出版展覽暨講座」作為台灣內容作品展出。

2018年初第三期《今日大吉》也順利寄到預購者的手上，集資的承諾如期兌現。我慶幸，第一期出版後，得到香港最大的獨立書店Kubrick引進販售，也在台北青鳥書店寄賣成功，這些未知，讓我挽回一點點自信，做雜誌本來就是我的生活技能，沒有甚麼厲害，經過計算的行銷策略，不計工資，印刷及郵費能承擔，這沒有很大的困難，餘下的就是靠恆心。

2017年因為《今日大吉》，又有機會到台北國際書展出展，這機會不用旅居也可以體會到，只要有作品便可以投稿參展。紙本文化，原來已不再局限於雜誌（Magazine），在「誌」之中有一種叫「小誌」（Zine），那是藝術品，有些不但手工釘裝，排版、印刷也別出心裁，而且內容各適其適也有，有手繪、拼貼、電繪、攝影集、詩集，大家都太厲害了！我這本四平八穩的戶外旅遊雜誌像學院出來的書呆子，只能一一向大家討教「出版」心得。

讓我們一起成為記著，世上不只我們一人在做著看似很傻瓜的事，但我們甚麼都不做時，永遠也不會遇上那個也以為自己是世上唯一傻瓜的人。

▲《今日大吉》還於 2017 至 2019 年帶我到「台北國際書展」作「Make A Zine」展出及設攤。

▲一人獨立出版、拍照、採訪、編寫、排版、印刷、發行、宣傳，看似艱難，但最難只是實行的第一步，其他就是堅持了，感謝一直以來支持我的大家。

▶第一次手執自己設計、用電繪畫出來的明信片，確實非常興奮。

2.3 電腦繪圖幼兒班　遇上恩人印刷師

中學時也總算是有修讀畫畫，也曾考過理工大學設計系，但沒有被取錄，畫畫的技術其實一直沒有根底，不管是手繪或是電繪都停留在土炮製作。在出版界工作，好處就是常常可以向排版師偷師，口袋中也有不少排版師好友，雖然排版跟設計是兩種技巧，但對於電繪「輸出」的知識，排版師的確比較瞭如指掌，對於我出版《今日大吉》刊物，尤其重要，印刷術家族龐大，當中的數碼影印門檻較低，也是製作小誌的好朋友。

◀ 這是我設計的第一個電繪向量圖。

在台南的暑假，除了認識了香錐外，也獲得人生第一套繪圖軟件，跟著 YouTube 影片學習，我畫出人生第一個電腦繪圖！花了一天時間，用上很簡單的線條勾勒出我心中的香港、台灣。

突然間，有種「很想吃手工蛋糕，無論如何都想立即吃到」的感覺，今次找來 Google Map 老師搜尋手工蛋糕！只是這還不是吃蛋糕的時候，我像沙漠中的旅人，渴得眼內只有水，找到了！這是一間離家很近的「晒圖行」。

台南有個著名觀光景點叫「藍晒圖」，藍晒圖其實就是複印技術的一種，而且小型晒圖行已經所餘無幾，而一般晒圖行也開始提供數碼列印服務。一直對藍晒圖的原理很感興趣的我，以只可用走路移動的路程，選定這家晒圖行，帶上電腦立即出發找我的「手工蛋糕」！

▲後來又在晒圖行，印了貼紙，及明信片一套三張，把設計商品化。

▲台南宏明晒圖行柯老闆的辦公桌，小小的空間，成就不少設計師的創意。

▲柯老闆對於位置、顏色也很執著，能一次就找到他合作真是我的幸運。

一人打理姨丈的店，影印、藍晒之外，這店最有趣是擁有一台電子切割機，可以把貼紙裁成不規則，而不需先造一個俗稱刀模的東西，大大降低成本及省時，即使只製作一張不規則形狀的貼紙也可以。第一次電腦繪圖，年輕老闆印刷師教我不少印刷上畫圖時要特別注意的事項，手執由自己設計的明信片及貼紙時，那種感動，到現在還未被任何的創作所取代。

2.4 手捏陶瓷的溫度 是1200度

少年不知，中學時候校園內有一間陶瓷室是多麼幸福的事，我的中學，是香港罕有開辦陶藝課的女校，但作為一個普通中學生，當時只會覺得很花時間，又易失敗，又怎會珍惜？

造陶瓷作品這件事，大概像喝熱茶的習慣，到了某個年紀，有一天忽然很想很想喝熱茶，就連走入咖啡廳也點熱茶的那種熱切渴求。忽然渴望造陶瓷的那天，也是突如其來，應該是因為想擁有自己做的食器吧。台灣知名的生活家米力小姐，也大概說過長大的女生要懂得選擇食器，我應該到了那時候了。

在台灣有種大學叫「社區大學」，有點像社區中心或是校外進修，這些興趣班借用中、小學的校舍，招收學校附近的居民來一起學習，一期課程大約是一季，每星期一課。即使是外國人也可以參與，而且為了鼓勵在職、空餘學習，學費也非常相宜。陶瓷課學習了一季，但因為偶然回香港，實際只上了十課而已，確實不是好學生，但曾任教大學，也擁有自家陶藝工作室的嚴老師，卻沒有放棄一直用心教導。

課堂上主要學會手捏的技巧，把風乾的陶泥燒成有硬度的過程稱為「素燒」，現在素燒的方法都是用電窯慢慢地控制升溫，從前的中學便有一座。社區大學借來的課室不包括電窯，因此素燒要到老師在台北內湖的工作室，內湖雖然有捷運可到，

▲工作室內好像藏寶室，有著許多同學的半成品，也有可愛的色版，現在想起，都是令人懷念的地方。

▲究竟當時是用上怎麼的心情，捏了那麼多花器的呢？

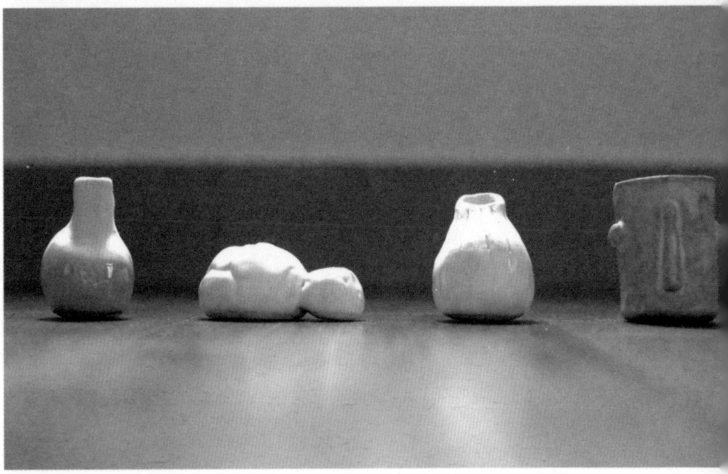

▲掌心大小的花器有著許多變化，當時是以小地方也可插上一朵花的想法來捏小花器吧。

▲跟著社區大學嚴鼎新老師習陶，每一課，老師都會完成一件作品，教上一種手捏技術。

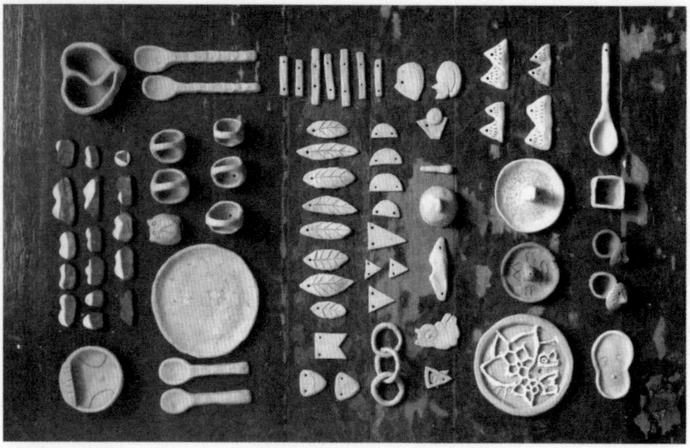

▲後來發現有些課都沒有好好練習，反而捏了一堆山和湯匙。

但一般香港遊客也不會到訪。當時從我家帶著作品到工作室來回需時四小時，也因此，每次「素燒」都帶著滿滿一箱作品。

想起來，還是非常令人懷念的時光，能走入台灣中學的校舍，聽著風扇轉動的聲音，雙手濕潤地努力嘗試跟陶泥交朋友，但還未好好溝通便要下課，回家又埋首捏陶，一排排的陶土由濕潤時的深啡色、到乾燥後的淺褐色整齊又綿密。

做陶瓷跟電繪很不同，電繪印出來不如我想像可以即時修改，再打印。但是陶瓷素燒失敗就只可以混水重新化作陶泥再捏，而且素燒過程中作品會「收水」，每次都會有意想不到的「失敗」，因此多做幾件是我的心得。

所謂失敗，其實有許多種情況，造陶花很多時間，每個工序都可以失敗，而且整個過程可以長達一星期，素燒燒裂了，素燒後上釉之後再釉燒，有了顏色的陶瓷作品，可以顏色不合心意，也可以是開窯時，發現裂開了，交通上來來回回，也很易破損，總之，陶瓷這手作真的很花時間、又易失敗！

不過最後能把植物插在花器上，能夠把咖啡注入親手做的陶杯之中，那一種感覺還是令人感到生活很美好。而且陶瓷的學問有很多，變化出來的成品又是多麼的令人期待，所以還是一種值得花時間的享受。

2.5 遠古的印刷術　現代一日手工製成

◀這是我 DIY 的第一張凸版印刷小卡，是女孩跟宇宙的大爆發。

印刷，有著許多的可能性。小時候，有沒有試過把硬幣放在白紙下，再利用鉛筆隔著白紙把硬幣的紋理「掃」出來呢？我覺得那是我對凸版印刷術 Letter Press 的啟蒙，雖然原理有所不同，但當中圖案由被鉛筆一點一點壓印出來的過程，對小時候的我有一定的衝擊。

後來長大了，相信每個香港學生也在美術課堂，接觸到一面是紅色、一面是藍色，中間是黑色的 A5 尺寸膠板，然後人生第一次，或者也是最後一次手握那很易生銹的木柄雕刻刀，因著非常害怕按著膠板的手指，被自己手執的雕刻刀劃過，而緊張得面紅耳熱。劃走不要的部分，這點跟陶瓷刻劃花紋是一樣的技巧，膠板被雕刻刀來回劃過好幾次之後，就像一幅畫，但怎麼看這畫也是怪怪的。因為這膠板只是印模，把白紙放上沾上油墨的膠模上，才可正確地左右顛倒的印出最後圖案，這種印刷術稱為「刻版印刷」。

在「刻版印刷」之中又可引伸到活版印刷，早期的報紙就是以「執字粒」的方

▶用劃的方法，可以在碳片上畫出想要圖案。

式，拼出需要的鉛字，製成活版後印刷而成的。那個年代的活版印刷是平面的，就像不插電影印機的功能，是為了閱讀。時至今日，印刷中的「版」，已經可以靠電腦處理，不只鐵的、膠的也有，主要配合有點厚度的紙，用傳統的凸版印刷機壓印出來，因應施加的壓力，才會產生凹凸的效果。

現在大家喜歡「凸版」比「活版」名氣大，主要是大家喜歡那紙張上的凹凸感，這也是一般影印輸出沒法做出來的作品。

偶然在宜蘭某個市集遇上從台北來的「時分印刷」，是位年輕的凸版印刷師，他更從國外購入大型的凸版印刷機，回來自己清潔、修理、保養，行動力十分驚人。對於行動力很強的人，我很好奇他們在專注甚麼。後來，他們研發了「手沖」曬版的凸版印刷體驗一日課，當然要去了解這種幾小時便能印刷出凹凸的紙品！終於可以解決我當時不會電腦繪圖的困擾。

就像攝影成象技術一樣，在化學藥水的沖洗下，我們在炭片上劃走了圖樣，因為透光，被燈光照射後，反而顯影或者稱為被保留，碳片擋著燈光，樹脂膠片就會跟藥水產生反應，再用刷子便能輕易刷走，這本來就有厚度的小膠片，就這樣把剛才我手畫的圖案浮現出來！在座的同學都覺得驚訝，多少是教育上文、理、工科的分家？文科班的我對化學毫不理解，好慚愧。

▶碳片跟塑膠片一起曬燈後，經過洗刷，塑膠模便即時出現！

▶再用手動凸版印刷機，超級大力一下又一下壓下手把，卡片便一張一張完成。

▶我跟時分印刷老闆相遇，就是靠這台年紀都比我們大的凸版印刷機，在宜蘭的一個市集吸引了我。

之後我們這幾位女生，用上九牛二虎的力量好不容易才把手動的凸版印刷機合上，塗上油墨的圓形版，經過滾輪滾過後，油墨平均地貼在圖版上，而滾輪每次經過一次，便會沾上油墨，當滾輪滾過那剛出生的膠模板後，帶有油墨的膠模板再與有厚度的白紙相遇，最後把機器完美壓下，成品就出來了。

這個過程，讓我想起萬物的「相遇」、繼而「擁抱」，即使「分開」，也總會留下甚麼一點點的痕跡，成品能不能盡如理想，要如何看待、改進，就是修煉。

2.6 採訪通知　去傳遞訊息啦

▶旅遊記者，每次採訪，都會把自己的極限推到最盡，也感激沿路上遇到太多人的幫助。

「這是全民記者的年代」，我不盡認同，這只是全民都有溝通、公開發放消息的年代，但採訪是一種工作技能，跟網紅打卡上載美食的工作技能又有所差別。當然再狹義分析：電視台、電台、報紙、雜誌，甚至港聞、副刊、文化、時裝，也有著採訪技術上的差異，「做採訪」還是我的老本行，你好，我是文化版記者。

旅居之時，最主要的生活費來源還是採訪，但是甚麼才是自己喜歡、讀者又感到興趣的話題呢？大概也是稱職記者的DNA，現在流行網絡媒體的數字運算，而用大數據來計算人們感興趣的事物，的確可以在有限的時間內替平台增加收視率，這是一般依靠廣告商來維持運作的媒體生存方法，這樣做較為有效率，成績很快被看到，但唯一不好就是「太沒趣了」。

如果文化記者是要傳遞出「你看！世界竟然有這樣的人做著這樣的事！」或者是「今天可以去看這樣的展覽呀！」讓人們感到新奇及打開創意思路，不就會令大家覺得生活有選擇嗎？

本著「生活有所選擇」來出

版《今日大吉》的我，把這個感覺也帶到其他的訪問，要採訪令自己也很好奇的人事物，讀者才會想看吧，之後用怎麼樣的呈現方式，可以跟編輯商量。所以「做採訪」不只是今天吃了甚麼，或是那間店的裝修如何，當中要包括個人的理解、感想，但更重要是傳遞創作者的訊息。

文化採訪，主角是創作者，而不是記者的感受。

「在台灣有非常多創作人，題材根本取之不盡。想寫故事，必然會找到。」由香港移居台灣的《去台灣》平台創辦人黑期哥在我們一起採訪時說道。

有了平台或是刊物，非常認真地邀約，之後就是認真發問，代替讀者，獲得想了解的訊息，再發送創作者想提出的理念，這就是我所認識的採訪。不過台灣很大，有好多時，不能跟創作人面對面訪問也是一種挑戰。

即使網絡再發達，不能面對面接觸那位受訪者，還是不能完全的掌握那真摯的情感，這便需要龐大的資料搜集，但那都是網絡上的資料，所以無論在台灣島內出差再怎麼費時又累人，在經費許可下，我還是會親自到訪。

在這，感激一下還沒旅居時，在異鄉採訪遇到的好人。有次從台北連夜到苗栗採訪露營，隔天下午再出發到台中坐高鐵去墾丁採訪，在零時下著雨搭好帳篷時，發現我的攝機、護照還在台北採訪的服裝店，得到台灣露營友人及服裝店店長的幫忙，從不認識的人跟開門的店長取到我的包包，中午前由台北坐高鐵來為我送東西！當下以為他會留下露營，後來一個轉身他又坐高鐵回台北去。在採訪時，兵荒馬亂，還有很多朋友需要感激，但這件事，實在有夠經典。

究竟人與人之間，有多少的幫助可以不計代價？而我們又願意付出多少？

▲出差，清晨拍日出已是平常事，晴天陰天都是看運氣，但我的運氣不止在於天氣，也在於人緣，再次感謝那些素未謀面的人對我的友善及幫忙。

▲即使在網紅當道的年代，記者還是要堅持專業，訪、問是最基本的元素，而不止於個人感受。

▲即使不是戰地記者，但是出門採訪為了拍攝最美最有畫面的照片，也怕不了那麼多，台南鹽水烽炮的體驗，幸好只是體驗。

2.7

布品在風中吹拂 散發出草青的味香氣

即使是一幅布幡也可以輕易為家居提升氣質，而日常的隨身布品有手帕、包裝用的布或是布袋。柔軟的胚布，是還沒上色的棉布，它有著無限可能，我對於所有在腦海裡構想，並能親手實現，然後看到摸到的事物，完全沒有抗拒能力，胚布的創作正合乎這種魔力。

追溯到16世紀，最基本的「藍染」已經傳入台灣，當時已有台灣本地人在種植稱為「山藍」或「大菁」的藍草，把布染成天然藍色的植物。整個18世紀，台灣種的藍草都是世界有名。但後來如所有的手藝一樣，因為工業化、土地競爭、科學染料出現等等，到了40年代，藍染業已在台灣消失了。但是又是一種世界循環吧，90年代因為天災，也因為環保，以及天然染布的前輩堅持下，台灣又再次復育藍草的耕種。

消失半個世紀，從一些剪報、資料，翻出台灣藍染的資料，努力直到種出品質很好的藍草，成就一些事，本來就不計時光荏苒。

北部有三峽、中部有三義、南部有後壁，我在旅居時學習過藍染，體驗課程，只是淺嘗。藍染中的花紋，是使用遮蓋的方法造出留白，方法有很多，需要學習，有紮染、縫染、夾染、型染等等，我倒更著迷於胚布上漸變的藍色，那是最基本的素染。

雙手手執胚布浸在「大染缸」，只有三至五分鐘的等待，又五至十分鐘的沖洗、掛曬氧化，除了重複以上步驟十次以上，再沒有其他的事可以做。規律地等待，對急性子的我來說是修煉。

在認知上，我們都察覺時間在一秒一秒地流逝；但在物理上，時間只是轉移到胚布之上，藍色的深淺見證了我跟自然一起過日子。

敲出植物的色彩

你知道嗎，植物擁有葉綠素、丹寧酸、花青素、胡蘿蔔素的色彩？如果藍染是用泡的，那拓染就是用敲的。不論是藍染或拓染，植物這些物質與布料浸泡、加壓時，

▲學習藍染，先體驗「大染缸」，雙手浸在天然藍草精煉成的藍染染劑之中，是最基本的素染。

▲在植物拓染之中，敲打是必要的步驟，壓出植物的顏色就是靠不停敲打，看似容易，但其實手會很酸。

▲仙野作老師能教授的是方法，還得靠布局，所以植物染最難還是布局，怎麼樣的花紋才夠優雅呢？

▲經過三峽藍染公園的老師們教導，我幸運地得到
即日升班，學習進階的縫染混合紮染技術。

▲仙野作老師的作品，複雜、留白分明，其實敲打方法，力度不同就有所差別，學習手作，果然易學難精。

▲敲打完成，就跟藍染有點像，就是媒染、浸泡，但比藍染輕鬆，大約十分鐘便完成，而不用反覆清洗及浸泡。

▲台南日式老建築小南園子，常舉辦不同的半日手作課程，即使是旅人也可以安排參加，這是我的完成品。

植物的顏色便會染在布上。

鎚子一下一下打在胚布上，新鮮的葉子在胚布之下，幾分鐘後樹葉的形狀細緻分明地呈現在眼前，實在新奇！

當我還未接觸拓染時，覺得拓染一定很複雜，但是大自然的神奇，原來一直在我們身邊，在古時，人類便發現這些自然密碼，有多久？一定比發現葉綠素、丹寧酸這些名詞還久遠呀！

而拓染後可以加入「媒染劑」，這是金屬類化合物的運用，植物跟媒染劑，例如酸媒鐵、酸媒銅，這樣不但可以改變拓印出的植物顏色，還有固色效果。

第三章

早晨早安「攪咋」

我們總可以輕易地在自身成長環境不同的地方發現差異，不管是因為水土不服或是好奇興奮，對我來說都是新鮮的事，不同於旅行者，因為旅居，在生活上可以用較長的時間進行觀察，但又不至於在地居民的習以為常，在觀察及參與之中有著更多的時間沉澱思緒，單是這些特色就叫我戀上旅居。

在旅居期間，每一個日出都是出境日的倒數，在每天起床之後，能遇到的都是獨一無二的事，即使遇上相同的鄰居，點頭道出相同的早安，也變得特別珍惜。

無論是以——
廣東話說早晨，
或是以國語說早安，
甚至以台語說「攪咋」(國語音)，
在倒數的時刻，都帶著滿滿元氣。

「專注於當下」大概就是這個意思，元氣配上覺知現在的情緒及行為，感受當中的溫度、濕度、味道，以呼吸跟身體同在。

發現差異的時候，珍惜能見證所有吉光片羽，並以熱情來迎接時光的流逝，不期待、不預期地再次跟所有相遇問好、道別及再見，不比較也不判斷，就單純的分享內心的感受，也就是今日大吉的初衷：生活有所選擇。

3.1 遊行 為了更多的未知

同志普遍是指同性戀者，廣義是指性小眾，性取向不同的人。2019年5月台灣立法通過了同性婚姻合法法例，這是過去每年同志大遊行都期許的事。

去旅行，尤其去日本的時候，我們都喜歡參加慶典，而每年大約十月，台灣同志大遊行都會在台北舉行，那是像慶典一樣的遊行。

關於愛，無論因著甚麼理由支持或反對，請用心感受，了解當中的差異，像旅居，必須住在當地居民之中，不能把生活切割成零碎的片刻，排他並只接受想看到的東西，那就是跟旅行不同的根本，我願意接受每個早晨的不同。

當初，還沒參與之前，我也會好奇那是怎麼樣的遊行，會不會太悲情？又會不會太激烈？

面對我們不了解的事，人們都會選擇抗拒、想像黑暗、可怕的一面，身為記者拿出記者魂來探求不了解的事好像理所當然，因為另一方面的我們，確實是充滿好奇心。

台北的凱格蘭大道是所有遊行集會的主要場地，那是一條像香港英皇道或皇后大道中的大馬路，跟香港一樣在遊行的時候才會封路，「遊行」當然會有路線，從凱格蘭大道（凱道）出發會經過幾個主要捷運站，包括台大醫院站、國父紀念館站、善導寺站、忠孝敦化站，圍繞一圈後，又回到凱道主舞台，一整天在主舞台都有講座交流，在周邊也有相關市集，包括其他小眾團體，例如原住民權益相關、人權相關的攤位。

假如我們不去了解，只憑想像去理解好奇的人和事，我們只可能會成為出色的小說家，但是故事永遠都是單一、平面，並且不盡事實。

我們自動省略太多不敢想像或未能想像的情節，那不應該是理解現實世界的態度，簡單來說我們會變得愈來愈沒有同理心，我們最終可能把「怎麼會這樣？」整天掛在嘴巴，卻不會實在地了解真正的原因，然後一直活在同溫層，埋怨世界的「怪異」。

所以，請親身理解世界正在發生甚麼事，旅居只是其中一種方法。

▲他們都是我的街坊（鄰居）。

每年舉行的台灣同志大遊行，目的是讓更多人了解多元性取向、消除歧視、偏見，也重點告知有著相同性取向的人們，大家並不是異類，也不需要覺得孤單，只有真正的了解，才可以打破一切的忌諱，每人都值得擁有自信的人生。

3.2 無冷氣鐵皮火車

由高雄到台東，不是香港人、也不是本地人的熱門旅遊路線。

因為交通不方便。

台灣中間有座神山高度接近 4,000 米，等同四座香港大帽山之高，這山是連綿山脈——稱為中央山脈，香港每年遇到從菲律賓海峽吹來的颱風，只要經過中央山脈一定會減弱，台北至香港都可以平安沒事，就靠這神山。

但這山脈也同時阻擋了台灣東西橫向的交通，也造成台灣由西到東的橫向公路只有三條之少，而主要連接各城市的火車，則環繞整個台灣海岸線一圈，從台北火車站開始乘坐火車逆時針出發，被稱為「南迴」。

台灣面積其實不小，一天內由台北南迴來回台東，已經是創舉。

2017 年我在台南民宿幫忙，剛好最後幾天有點餘閒，便找來已移居台南的香港友人，趁著好天氣，難得有機會走走南迴！我們選擇了乘坐沒冷氣的火車「普快車」，滿足欣賞南迴風光的期盼，同時又可以一嚐無冷氣柴油火車的味道。

那是僅餘每天最後一班來、一班回的火車——「藍皮白鐵普通快車」。

「普快車」是用柴油驅動的，沿路共經過35條隧道，終於可以體驗無限「火車穿山洞」！其實它的速度比我想像中的快，9月底的台南、台東還是盛夏，火車一開，風就吹進來，沒有空調的車廂，大家都伸手出外拍照，沒有想像的刺鼻柴油味，只有無限大海的鹽味跟山洞的草青味，一個半小時車程，會經歷海拔1,000米山海的高高低低，走過山谷看到瀑布、海邊、太平洋，甚至曾是最長8,070米（八公里）的中央隧道，那是當時建築創舉，貫穿中央山脈尾段的茶留凡山。

我本來就喜歡台東，渴望第一次坐南迴火車看海，因為有了台南的落腳點，實

行程參考

08:50 - 10:33	自強號 371 **台南 > 屏東枋寮** NT$245（約 HK$61）
10:55 - 12:32	普快車 3671 **枋寮 > 台東太麻里** NT$79（約 HK$20）
12:45 - 13:30	**太麻里**來福小吃部
13:30 - 15:45	包車 NT$1500（約 HK$380）**金針山**看金針花
16:00 - 16:15	**太峰路平交道**拍照
16:20	到**火車站**等車
16:34 - 18:21	普快車 3672 **太麻里 > 枋寮**
18:28 - 20:14	自強號 374 **枋寮 > 台南**

現坐南迴火車的想法不再難以實行，畢竟在外住宿的花費，對旅居者來說也要考慮，怕太晚沒火車回不了家又有開支。

結果剛好遇上這種連日本人也特別來乘搭的舊版火車，在夏天也正好是金針花的開花季節，就這樣一天來回南迴出發，這趟行程的終點還可以選擇到台東知本泡溫泉，或到台東市中心走走，再坐「普快車」或其他火車回台南、高雄、屏東，甚至台北。

這南迴火車沿線風光都是獨一無二的美麗，有很多公路也看不到的秘境。當中我最喜歡準備進入山洞時的風景。

或者台灣可以將「普快車」規劃成觀光車，某幾站停靠時間與在地旅行結合，甚至在「多良」火車站停靠，讓大家下車欣賞「全台最美日出的火車站」後再開車，相信可以有助提升使用量，所謂有沒有乘客真的靠整體配套，這是我的私房旅程，大力推薦給每位朋友，用平日難以想像的角度看台灣。

但是很可惜，坐「普快車」的乘客真的很少，最近甚至可能因為全面電子控制火車系統讓火車全面電氣化。

有些好奇的事，很可能因為我們種種的理由，而遲遲沒有出發去探求真相，就會像「普快車」一樣，很快便會在台灣消失了，到時只能在維基上「體驗」風從山洞吹進車廂的感覺，如果有天手機4D普及了，能吹出那風的感覺，還好，可是沒有甚麼比得上親自現場去感受來得震撼。

回程時，從屏東枋寮轉車，坐上冷氣太強的「自強號」，便開始想念最後兩架「普快車」火車了。

▲最後的無冷氣火車——藍皮白鐵普快車。

穿過 35 個山洞，是怎麼的火車體驗呢？當年人們是如何挖掘的呢？南部一直出產許多水果，從前大家都坐火車買賣水果嗎？在火車上我們遇到一位去台東知本泡溫泉回家的伯伯，幾位日本人、幾位攝影愛好者。這一天能在只有一班前去、一班返回的無冷氣火車遇上，不管目的是甚麼，大家都一起分享過這趟旅程的風光，在時間的流轉，它好像承載過許多故事，謝謝平安帶我們回家。

3.3 追吧！垃圾車

台灣廟宇多，儲水塔多，但垃圾桶真的好少！那麼垃圾去了哪裡？

「請問，垃圾車來的時間是？」

「……已把垃圾車來的時間，張貼於大堂告示板了。」

這是在台灣租房子需要查詢的事情。如果住在社區或某些大樓，可能不需要知道，因為租客繳交的管理費已經包括垃圾清潔費用。但是住在舊式大廈、單棟式住宅，務必記著倒垃圾的時間。

「你知道現時香港只有三個堆填區處理垃圾嗎？」每次跟台灣朋友談論垃圾問題都會被質疑：怎麼可能？沒有回收嗎？等等議題。而台灣有 24 座垃圾焚化爐正在運作，1990 年台北開始隨垃圾袋徵收垃圾處理費用，即是說垃圾要放在政府認可的垃圾膠袋才可以掉進垃圾車，但現在只有台北市、新北市、台中市石岡區擁有專屬垃圾袋外，其他地區還是隨水費而徵收垃圾處理費用。

還記得香港雪糕車會發出音樂嗎？是《藍色多瑙河》呀！而在台灣主要是北部，垃圾車經過都會播放《少女的祈禱》、有些地方則是播放《給愛麗絲》。每次聽到

▲今日最重要的事就是「倒垃圾」！各位街坊準時出現馬路旁邊。

▲因為錯過了我家樓下的垃圾車停靠時間，
立即踩車倒垃圾去。

▲各就各位，Ready！

▶右手邊，是清潔指導員站立的位置，開車時也是站那裡的！

▲我是資源回收車，一星期只來兩三天，非常珍貴。

▲每班垃圾車都走著相同的路線，每次停靠那幾分鐘都是街坊跟清潔人員的閒聊時光。

垃圾車的聲音都好叫人心跳加速！

全台灣逢星期三及日都不會有垃圾車，而我曾住過的地區都是下午及晚上各一班垃圾車，垃圾車每次停靠時間大約是三分鐘。但住在北投時因為是山路，垃圾車只會在我家門口一天出現兩次。在台南，因著地利上的四通八達，錯過了在家門口停靠的那一次，也可以在另一時間點在對面馬路或街角遇到垃圾車。

「Oh My God！我又忘了掉垃圾！」真的好崩潰。「今天完全沒有聽到《藍色多瑙河》在響呢！」、「過兩天不在家呢！」我又掉入思考回收物、廚餘能不能撐到下星期的焦慮。「下次一定要調鬧鐘。」我喃喃自語。

說起「廚餘」，台灣熟廚餘每日產生量約二千公噸，伴隨《藍色多瑙河》音樂的垃圾車同時收集家居廚餘，所以垃圾桶之外，台灣人的家大部分也會有「廚餘桶」，大家先在家自行收集廚餘，方便處理。

但是垃圾車又不是每日出勤，在炎炎夏日，陣陣怪味會在廚餘桶散發出來，影響衛生，那可以怎麼樣？

「麻煩幫我在冰箱拿出廚餘盒。」甚麼？廚餘放在冰箱冷凍格？

打開台灣朋友家的冰箱，先別要驚訝，只要不可能每日處理廚餘的家庭，都有可能用這招。我現在在旅居時，也把密實廚餘盒放入冰箱，把廚餘冰鮮處理，鎖住異味。

如果覺得這個做法實在太詭異，也有更好的方法，就是減少廚餘，或是自行分解處理。

1 盡量選擇沒有廚餘的食物，如蔬菜。
2 將果皮、蔬果皮、根切碎混入花肥，作植物肥料。
3 把三份果皮加入一份黑糖及十份水浸泡，置入能膨脹的容器，可用作清潔劑。
4 購入廚餘處理機，把廚餘變成肥料。
5 咖啡粉可直接曬乾，成為吸味、吸濕劑。
6 洋蔥皮、咖啡粉、薑等等可用來染布。

第一次打開冰箱，眼見廚餘盒，感覺怪怪的。對自身的習慣已經不容懷疑時，我們不容易接受別人習慣跟我不一樣，先了解背後故事，不判斷，多嘗試。

3.4 書展可以這樣chill

書展一向給人割價傾銷的印象，而且香港書展都在暑假舉行，大汗淋漓，把書帶回家中，逛也逛得不夠優雅，而每年二月舉辦的台北國際書展，就像香港書展一樣，有不少來自世界各地及本地的出版社參展，而這個官方舉辦的書展，在台北世貿（像香港會議展覽中心的地方）舉行，規模也是每年最「正式」的書展。

但在這正正經經的書展當中，竟然連續三年舉辦了「做本 Zine / Make a Zine」的展覽及販售活動。這個由田田圈文創工作群及雜誌現場策劃的活動，甄選了一些自資出版小誌或紙品的朋友來參展，每兩天換一批參展朋友，每批約有 15 組。很榮幸，這三年來我的《今日大吉》都被選上。

「小誌」是指獨立、小量出版、自資發行的書刊，「做本 Zine / Make a Zine」活動當中有不少插畫家的作品，他們的小誌（Zine）多像童書，例如是貓咪跟作者的日常，或城市故事，但有些更像藝術品，就像 Adoor 小姐的作品，是關於她回憶中外婆泡溫泉的畫軸，裝裱也是她親自處理，難怪連台灣文化部部長也有購入珍藏，所以書展中的「書」可以呈現不同的面貌。

▲布置展示也是心機體現之一，還能跟厲害的小誌創作者交流，是非常令人感恩的機會。

連續三年台北國際書展提供這樣一個環境給青年創作者，不分地域或語言，為這正正經經的書展帶來新氣象，把一般讀者跟手造創作書籍連上關係，不少參觀者都表示：「都是自己印刷？沒有出版社？都只做十幾本？」在這環境真正跟本來不認識的朋友介紹自己的作品，是十分難得的體驗。

在台灣的書展一年又怎會只有一個？

2017 年 12 月在台北市中心華山文創園區製作紅酒的古蹟建築物中，便舉行了一場台、中、日、港、韓交流的《Culture and Art Book Fair》（即 CABF），由 CABF 委員會悉心策劃，單是地點，已教人心醉，在水泥及水晶吊燈古蹟下看書，優雅又新鮮。這些參展商多是來自日本的出版社、書店及藝術工作者，當中也有台灣茶室、咖啡廳、個人攝影師的影集等……

▲ Adoor 小姐的畫是關於外婆泡溫泉的，畫軸就是手工裱畫，根本就是藝術品。

對比正正經經的書展，這更像一場文化大交流，每一件作品都像藝術品，即使語言不通，也沒有減卻熱情，這樣一場文化青年或哈日書展，作品的質素從布置來看就令人獲益良多。

書展本來就可以很chill，不一定留在死板的框框內，也不用灰色即用即棄的廉價地墊。只要有好的作品、寫作的熱誠，這樣的書展可以拉近作者及讀者的距離。書展的chill不只在於漂亮的環境，也十分重視參展者及讀者的心態，這兩場書展我都感受到作者親身解說的熱誠，即時來賓很多，語這不通，但作者仍努力地跟大家交流、賣力地令大家明白創作目的，也激勵了我努力寫作下去。

▲華山文創園區的紅酒作業古蹟樓底很高，陽光果然是書展最好的燈光。

▲來自日本的乞食ガールズ，是攝影藝術家，主打大動作甜美女孩式的旅行風景照，是充滿熱血及電影感的作品集。

▲叮咚是台灣著名攝影師，是次他只專注販售兩本關於《SwimSwimSwim》及《RunRunRun》的攝影集。

我鼓勵小量發行，自家印刷，因為這樣可以得到最想要的品質，存貨也可以剛好，不造成浪費。每人都應該有屬於自己的小誌，讓更多有趣的書刊誕生。

▲那藍色的天空及海洋像一道光穿過肉身

3.5 最美麗的海岸公路　最危險的臨海公路

177 公里有幾長？由香港島小西灣至西營盤，大約只是 15 公里，行走這段路 11.5 次，便是台東市到達花蓮市的距離，也差不多是台灣東海岸的三分之二。

2018 年 10 月底，香港直航到花蓮的航班也暫停營運，所以由台北到花蓮的大眾交通工具就只有火車啦！或是從台北、台中、高雄乘坐內陸航班也可以到達花蓮或台東。

那請問去台東有高鐵嗎？沒有。

高鐵是現時台灣行駛中速度最快的新火車，但只有在西海岸由台北南港到高雄左營。而東海岸，台北到花蓮的火車中也有比高鐵慢一點的「普悠瑪」號，大約兩小時可到達，但這種火車一票難求呀。

不坐火車，由台北到花蓮，唯有開私家車，一般來說需要花上大約三個半小時，最近，有說 2019 年年底將會有客運（直通巴士）可由台北到達花蓮。

那花蓮、台東有甚麼可以吸引大家，長途跋涉也要去？

對我來說是太平洋的日出，是背靠的海岸山脈，是花東縱谷的米，是原住

民對天地的尊敬，是因為蘇花公路。

你有試過因為一條公路，而出發去旅行嗎？

蘇花公路是宜蘭到花蓮的公路，1879 年自清朝便開始開墾稱為「北路」或稱「蘇花古道」，日治時期再次開拓，但還是單線行車稱為「臨海道路」，即使經過百多年的修建，現時的蘇花公路共長 118 公里，最高海拔為 370 米，雙線行車還是要到了 1990 年才開通的。

由台北坐火車到花蓮，多在山中行駛，偶然會在蘇花公路附近探出頭來看看海，我還是喜歡走蘇花公路。

蘇花公路沿路風光美不勝收，但同時被稱為全台最危險的公路，旅居之時，得好友的開車帶路，走過幾次，甚至在觀景台停下來看看太平洋風景及尋找古道的足跡。

長大了，好怕死，也怕給其他人造成麻煩，但是永遠沒有親身眺望過那大海的美麗，都不能道聽途說那裡有多險峻，不在大雨、颱風、地震後倔強執著地通行，但也不心生畏懼地害怕未知，而傳揚蘇花公路有多危險。

過了蘇花公路，便可以展開花東海岸台 11 線的一路向南旅程，經過台東市中心便到達太麻里，最後是知本溫泉支線，全程大約是三個半小時。如果由台北一直開車到這，就是約七個小時。

一直南下，太平洋就在我們的東邊，不同於蘇花公路，台 11 線接近大海，海洋陪伴就是最好的風景，不需要再多的「行程」。

這種風景不止在香港不常見，對台灣人來說也是他們的「後花園」，天然的天險，反而

使東海岸保留了更多的傳統及自然風光，但是我們也必須考慮當中的城鄉差距，在觀光的同時，如何使得東海岸勞動人口、返鄉青年、老人長期照顧等問題得到改善？我們雖然只是過路的旅人，但還是可以用各人最擅長的方法，來保守東海岸的美好，願每人都可以在美麗的島嶼，安心好睡。

▲ 蘇花公路和平隧道遺址，在大好晴天才可以進行十分鐘小探險，從前的公路就是這樣臨海的。

3.6 高山之上　是怎麼樣的風光

走過海平線，不如走走高山，香港最高山峰是大帽山，高957米。在台灣最高山峰是玉山，高3,952米。因為一直抽不到第一章提及的山屋，所以我還未曾爬過玉山。

但台灣的高山有很多，台灣登山家林文安先生受《日本百名山》一書所啟發，於1971年在台灣以3,030米為標準，選定百座山岳為參考。時至今日「百岳」還是台灣登山人士中一個重要指標，而當中又以玉山、雪山、大霸尖山、南湖大山、北大武山名列「五岳」。

非常有幸，在這幾年，認識了登山好友，爬過雪山、南湖大山、水漾森林、合歡山，也有由大雨中途折返的奇萊主北峰之旅呀。

跟在香港登山比較，因著高度的不同，登高山的活動也有所不一樣，除了行程多為三天兩夜，需入住山屋、或搭帳篷外，自然風景也因氣候而有所變化。

但要欣賞這些高山風景也不一定需要攀山越嶺，由台中開車到香港人熟悉的清境，再往山上進發便可到達台灣，甚至還可經過全東亞最高的公路，位於

▲ 登上南湖大山的途中。

3,275米的武嶺。每次到合歡山群山或奇萊山登山，由台中而上定必路經此地。

第一次到訪，還沒旅居，是來採訪，因為要登上入門級百岳「石門山」，而開車經過武嶺，才驚訝原來高3,000米，不用徒步，也可以開車到達，那時在香港搜集採訪資料時，還一直向台灣朋友請教高3,237米的石門山會不會很艱難。後來實地到訪，由登山口到攻頂也只不過是30分鐘路程，但已可感受到被群山環抱的感動，是為最貼心的百岳。

別被「高山」、「高海拔」打敗，登山、自駕、包車或是騎腳踏車，只要好奇心大發，想欣賞那壯麗的雲海，還是有很多方法可以登上逾三千米的高山。

雖然到達最高公路交通便利，但得注意氣壓及天氣濕冷。四月初我們開車到武嶺，一打開車門那刻，冷得直接尖叫！明明出發時，台中氣溫高達30度呀！請務必注意！每上升1,000米氣溫平均下降6度，所以不管任何天氣，準備到訪高山（包括台中清境）或高山公路，一定要準備禦寒衣物。

對於一般在平地活動的我們，對「高山反應」也顯得陌生。畢竟上山的路是狹窄又多彎，所以本來在平地便很會暈車的人，建議上車前先服用預防暈車的藥，因為初期的高山反應也包括頭暈、想吐等像暈車的感覺，而一旦出現高山反應，「只可以」、「只可以」下撤到氣壓較高的平地，沒有所謂「休息一下便沒事」這回事。

那究竟在多高的山上才會有高山反應？根據台灣官方資料：

超過2,440米的高度即可發生高山肺水

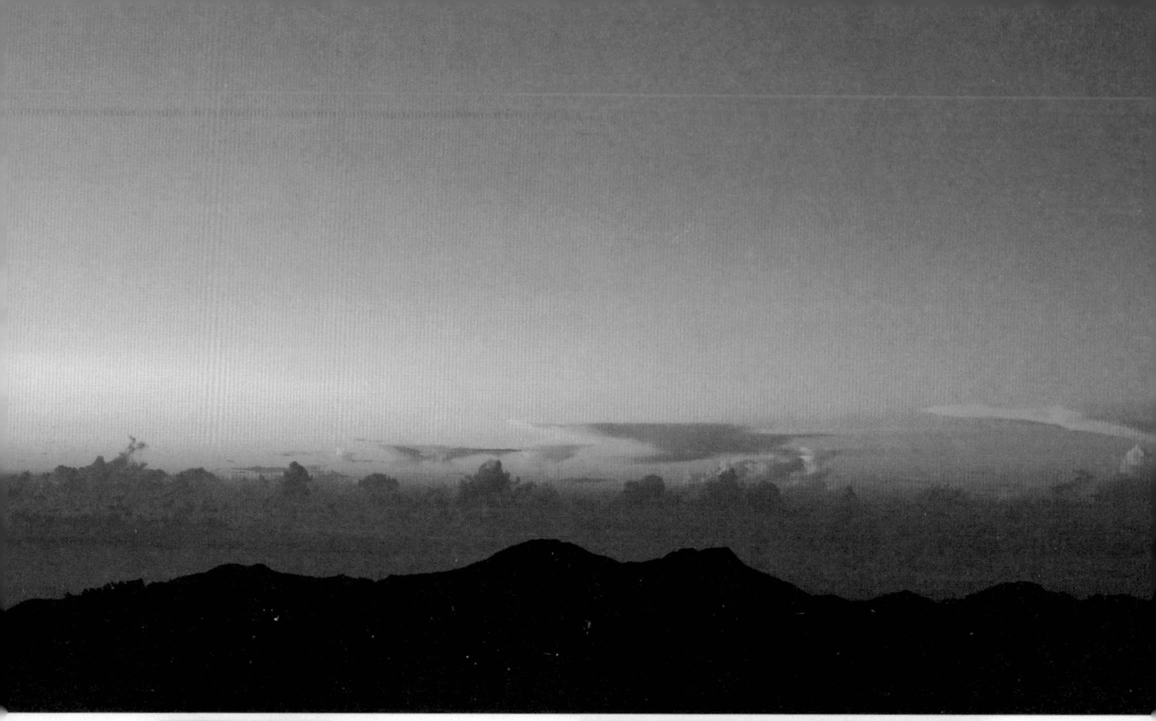

▲ 南湖大山是我暫時登過最辛苦的山，但卻有令人非常感動的風景，有機會一起再登吧！

腫，超過 2,750 米的高度即可發生高山腦水腫；急性高山病則是到達 3,000 米以上高山旅遊常見的病況。

那是參考指數，並不是一定會發生，也務必不要嘗試自己的極限，因為當感到高山反應時，很難說有多緊急，我的經驗分享是在平地出發前便開始服用丹木斯（Diamox），一種可預防高山反應的藥物，但請諮詢你的家庭醫生，才決定如何服用。

高山之上的風光，絕對不可以在平地想像，高山上的杜鵑、苔蘚、彬木林見證了日月，我們踏著百年大樹的板根，一步一步走入山林。那種自覺渺小的感覺，身體被山、雲海包圍的感動，不可用筆墨形容，只可以走入其中，讓空氣流通全身，才能有所領悟。

感受宇宙的美麗，沒有想像中艱難，最難永遠只是踏出第一步，用你的方式、步伐去高山吧。

▲ 台 14 甲線至小奇萊，那是親民的路線。每年四月高山的高山杜鵑正值盛開。

3.7 瑜伽老師？究竟是怎麼煉成？

在島嶼說起瑜伽，瑜伽總令人想起高難度的動作，假如你以為瑜伽是宗教，正想跳過這一篇，也請你看下去。對於所有未知，我們都應抱著無盡的好奇心，真誠地又善良地了解，通過溝通、對話、文字、影像。

瑜伽是一種修行，是一整套生活。當我學習時，我並不以它為宗教，但瑜伽的起源的確跟印度佛教有所關係，這方面留給大家跟我一起研究，但重點分享是我如何看待瑜伽及我在台東遇到的瑜伽老師的老師。

跟很多瑜伽學生一樣吧，我也是在香港的社區中心接觸瑜伽，那時候作為一個上班族，只希望一星期有一小時流汗的機會，然後又跟大部分人一樣因為很多的理由，過了半年，就沒有再在香港上瑜伽課程了。

第一章有說到，在旅居台南因為有空，所以搜尋瑜伽的課程。旅居的好處是時間非常自由，但也很零碎，有一間瑜伽教室就在民宿附近，而且可以月費計劃上喜歡的課程，就這樣兩個月密集式的瑜伽課程展開了，幾乎是一天一課，甚至兩課，市面上所有派別都有所接觸。

▼找到那一個叫「學習」的大門，打開就對了。

▲ 學校被山跟海擁抱著，早上 5 時同學便去大海游泳了。

◀▲ 我珍惜這 16 天的日子，是旅居中的旅居，每次用這角度看同學，都是充滿真誠的力量。

「流過汗、睡得好。」我以為這就是瑜伽，其實也沒有不可以，只是好奇心又來了，瑜伽老師是怎麼煉成的呢？市面上超級多 RYT 200 小時美國瑜伽學會認證的師資班，香港也有很多考取這資格的課程。

「我想要一趟密集式的師資旅程，不是每星期一課，我要與大自然一起上瑜伽課！」心中竟然呼喚了位於台東的 Yoga House 瑜伽學校，這小鎮沒有便利超市，學校也沒有空調，而且是香港鮮有的密集式課程。每年只開兩期 16 天的課程，把這學校放在心裡，一年之後台東見面。

意想不到，在台灣長大、移居加拿大多年已 60 歲的 Pamela 小姐也是我的瑜伽師資班同學，而第一課就由 17 位同學道出想當瑜伽老師的原因，我說我因為好奇，且瑜伽是世界認可的生活技能，這對旅居很有用呀！

接下來的 16 天對超級城市人來說一點也不易過，每天早上 5 時起來，6 時上早課，再吃早餐，又是瑜伽理論課，吃午餐，瑜伽體位課，吃晚餐，都是素食，但非常美味有營養……過著學生的生活真的太好了。

其實我也曾想過如此密集，會否太過急進？

後來有感城市人呀！誰不是 deadline fighter？所謂以時間換來對知識的沉澱，不適合懶骨頭的我。

生命會選擇最適合自己的方式，就如吃了不潔的食物，會吐一樣，請讓自己吐，不要彆扭，然後身體會告知我們應該吃甚麼。

▶每天都吃得很好，在島嶼好好用餐，就是修行。

▶也獲得洗花生的技能。

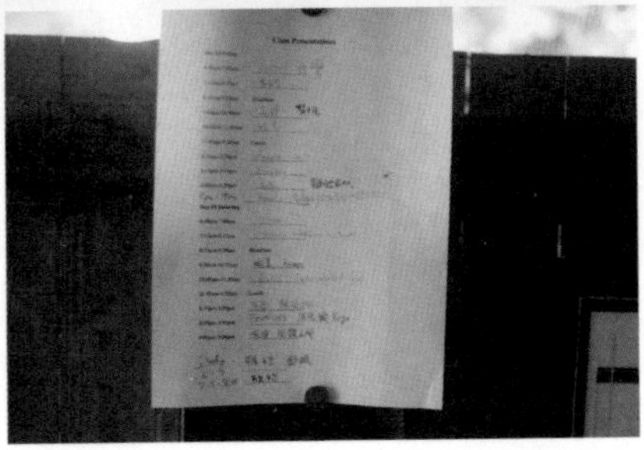

在瑜伽中的體位法，甚麼手倒立、甚麼勇士式，都只是瑜伽其中一部分，我們都不完美，不一定人人做到，但我們可以以呼吸跟身體同在，覺知生命中的情緒、限制、動作就是修行。

時下流行「正念瑜伽」（Mindfulness Yoga），但那不是正面瑜伽，瑜伽老師也不是嬉皮士，但修習瑜伽的確可以令身體健康，單是飲食的覺知就是箇中健康原因之一，但更重要是我們從呼吸中，更覺察自身跟宇宙的關係。

能感知情緒而不壓抑情緒，能跟自然同在而不只思考如何保護自然，非暴力的對待自己及萬物，是我認為的瑜伽修行，是一整套生活，包括寫出來的文字、說出口的話語，那不是一堂健身課，但絕對可以由一堂健身課開始，因為我們都可以選擇下班後去酒吧或是瑜伽教室，花時間照顧身體心靈，不用買醉也可以獲得放鬆的感覺。

3.8 大學刊物在做甚麼？

我們在香港南山邨品香樓見面，她們從石硤尾美荷樓走過來，隔天，我們再到九龍城兆基創意書院賣雜誌。這是我跟來自台灣的靜宜大學《紙飛機生活誌》學生編輯團隊中相遇的故事，那是2018年12月的事。

見面前幾天，正當我準備結束三年旅居台北的生活時，收到他們主編的電郵，說《紙飛機生活誌》將會到香港九龍城書節設攤，問我的《今日大吉》要不要寄售。我看到電郵，笑了出來，香港是我家呀！而且設攤當日，我也正好在香港。我好奇，大學學生出品的刊物是怎麼樣的。

《紙飛機生活誌》一年四期，約60至70頁，每期以一個主題為中心，由大學生獨立採訪、拍攝、排版、撰文，每期一位指導老師提供意見，經費由大學承擔。

不只台灣誠品、台灣獨立書店有售，連香港如藝鵠、序言書室也有販售，單是發行陣容已經超越許多大人製作的主流雜誌。

我著實羨慕他們的財力及青春熱血，但也由衷地驚嘆他們脫離校報的框架，在文字之間，以成熟的話語擁抱未知的世界。

「我很想快點出來工作，希望加入出版社，正考慮不攻讀研究所。」前主編孟萱說。我們又在2019年5月見面了。

傳說在台灣不想面對工作或是對未來還沒目標的大學生，都會以考上研究所為出路，這位年紀比我少十多年的女孩，眼睛有團可愛的小火，是對未來的嚮往。

創作是非常自由的事，我們可以透過任何形式來發表自己想表達的事，但呈現的方式因電腦科技的進步，卻愈來愈見狹窄，我們都有著共同的格式，千遍一律的排版，但無論如何內容還是獨一無二的，代表著個人或團體的價值觀，那是成長累積而來的修養，即使是採訪同一位插畫家、作者，也可以有不同的角度，但帶給讀者的訊息必須根據事實而啓發的體會。

慶幸，由雜誌社工作轉為自由工作者的我，在快要忘記團隊精神的時候，遇上熱血卻踏實的《紙飛機生活誌》編輯部，以插畫家的日常、以海島生活、以《香港野》滋養我這中女的心靈。

在某個角落，曾經有班人為了雜誌而通宵達旦，同時應付大學功課及出版壓力，並以台灣大學生的理解，把遇到的、好奇的內容推廣到華文世界，我又再次羨慕他們在大學時可以經歷這些。

即使我們都長大了，回頭看曾經走過的路，是如此的輕鬆自然，卻別忘記正在走的人、準備走的人，也會有我們曾經的不安、忐忑。

作為大人，我們可做到的，是在彼岸揮手之外，還可以尖叫、驚訝及承認正在走的學生是多麼的了不起。

原來我們每一個人也可以成就其他人的夢想，那是一件舉手之勞的事，會寫歌的寫歌、會攝影的攝影，會做菜的做菜，就把喜歡、欣賞的事分享開去，就像手機打卡一樣輕鬆、自在又個人。

實體刊物的前期＝排版＋插畫＋攝影＋文字，
那是立體，又講求合作的工藝。

▲ 不錯過任何一次溝通的機會，編輯部學生由台灣來香港推介《紙飛機生活誌》。

▶前主編孟萱：「你問，好好生活是甚麼？我不知道，但等著你來到我的島，這裡東西不多，只有一個我和一片海洋，想送給你。」

▶《紙飛機生活誌》勝在夠多元，不限於封面設計及內容。

▶了解一下現在年青人，對於城市的描述，也是《紙飛機生活誌》的重點。

▶看到熟悉的島嶼，是香港南丫島島民的故事。

▶排版也是刊物風格的靈魂，教我團體合作的重要，各施所長，專業就由專業的來做。

▶訪問不同插畫家的日常生活，從別人的經歷，喚醒自己的潛能。

第四章

我們都是島民

一起實現心中的理想島嶼

「世上真有這樣的島嶼嗎？」當旅居台灣三年加半年後，我發現島嶼不限於地理，也不限於國界，但我心中的島嶼應該是有山有海的地方，那裡要坐船才能到達，在海洋之中，船隻慢慢移動，我們被海浪、陽光、海風洗去煩躁，船隻準時啓航，錯過了這一班船或者又要等 30 分鐘才有下一班，一切急不來，時間到了，便有船靠岸。

我喜歡張嘉佳執導的電影《擺渡人》，我是在旅居時去看的，當中有一句對白是：

「也許我不能陪你過河，但能送你一程到彼岸。」

我從來不擅泳術，但在這些年，一直遇到很多擺渡人，渡我經過許多急流、暗湧。旅居台灣，因為朋友來自東西南北，不易經常碰面，但大家總會以寄物、寄信方法，來轉贈旅居所需的一切，甚至於我在城市遊牧之間，借宿一宵，他們都為我擺渡，讓我在旅居時平安渡過，人與人之間的關係構成了生活，獨善就不是生活了。

後來發現，我們每人都可以是擺渡人。

你曾經像我一樣在 Google Map 隨便點進一個小島，把它放到最大，看看那裡有甚麼嗎？我常在 Google Map「去旅行」，看看朋友家附近有甚麼。我覺得對島嶼產生感情是因為有了朋友，旅居中的友誼不敢說一定比旅行的來得更深更廣，但旅居的友誼可以發生更多的故事，這一章由我的朋友介紹他們心中的島嶼，跳出個人的想像，島嶼的天光原來可以如此不同。

《早安，島嶼》的聯想

1 你心中的島嶼是怎麼樣的呢？

2 每天起來，在這島嶼最常做的事是？

3 晚上，準備要睡覺的時候，想跟這島嶼說甚麼？

4 來到一座從沒踏足的島嶼，我們應該懷著甚麼心情呢？有這樣的經驗分享嗎？

5 如果要在這島嶼生活上一段時間，會帶上甚麼必需品呢？

6 在你心中的島嶼，你最喜歡的時光是？

Té Té

「Te Leather 茶皮」皮革師

Instagram : teleather315 / Facebook : TeLeather

Té Té（尼可）是我在2016年旅居時一次露營活動認識的，後來看到她的作品，想起2015年於雜誌《Little thing 戀物誌》便遇過她的作品，她的皮革作品充滿了復古味道，拼湊皮革及多元物料，使得作品更有層次感。而剪裁的部分沒有固執的追求完美線條，比起一般皮革師追求工整的手法，來得更自由、活潑，所以作品辨識度很高，一眼便認出來了。

到了2017年終於有機會藉著為香港品牌策劃台灣活動時，邀請到尼可小姐及她先生來戶外教授皮革小物製作。那時她的小女兒栗子剛出生，現在已經成為小網紅，其實我們跟小孩一樣每天在成長，但不必要天天進步，也要偶然耍廢，在呼吸急速之間停頓。2019年，回來台南旅居，家中有一份床單就是尼可小姐從台北寄給我，讓我夜夜好眠！

▶天天在探險的小栗子。

▶跟最愛的人在一起，這就是尼可心中的島嶼。

1 每一天，有喜歡的人陪伴身旁一起過生活。能一起吃早餐、一起發呆、一起大笑、一起渡過憂鬱，即使明天可能會來一場暴風雨，但此刻與重要的人在一起，面對甚麼都有一股勇敢。

2 站在喜歡的植物旁邊，看著天空發呆，想著早餐吃甚麼好呢？然後，等著先生準備早餐給我與女兒吃。

3 一覺醒來也許世界依舊，但我們想比昨日的我們更好。還有，跟身邊心愛的人說聲：晚安，愛你！

4 帶著滿滿好奇心與希望向前去探險，但小心別受傷要保護好自己與心愛的人。年輕時曾鼓起勇氣一個人到陌生島嶼生活，很刺激有趣，甚麼事物都是新鮮的，愈挫愈勇的我，就在這島嶼定居下來了！

5 自給自足的能力，勇氣與愛。

6 得到對自己綻放的微笑（笑）。

Esther

「廿九樓衣服紀念娃娃」職人

Instagram : 29floor / Facebook : 29floor

我們相遇於一間叫《MILK》的雜誌社，她在那島嶼留下了許多青春，我則比較早到彼岸。後來，她舉家移民，我們才再次相遇，她開始新的事業，又有兩個可愛孩子。

我們都各自爬了幾座山、看過不同的海，她有時會想念吐露港，我有時想念南丫島，然後我們在巷裡的咖啡店喝著咖啡，訴說彼此看到的風景。

如今，我們又再次住在同一城市，有些心事，只有在香港成長的異鄉人才能感受那種心情，跟大家一樣，我們彼此「放負」又彼此鼓勵。

Esther的先生還為我親手用回收木，造了書桌，這本書就是在那度身訂制的書桌上完成的，書桌的腳有Esther為我編的毛線裝飾，這對父母其實也跟香港一般父母一樣，會擔心孩子升學問題、工作壓力等等，但因為他們一家，讓我更堅定世界不只有我這一個怪人，謝謝你們對我友善得古怪。

▶海邊是島嶼上我們最愛去的地方，冬天玩沙、夏天玩水，是小孩最好的娛樂。還有永不重複的夕陽，提醒我們，需要的其實不多。願這島嶼繼續保有美麗的海洋。

1 大海和自然的生活。

2 當然是要送小孩上學呀。之後就到早餐店買個半熟蛋香雞排三文治，回家沖一杯咖啡，邊吃早餐邊看公視新聞，了解這個島嶼和世界發生的事，然後開工製作娃娃。

3 準備睡覺了，先跟兩位孩子說睡前故事，讓他們自訂題目，我再自由發揮，告訴他們我所知的，或者問他們想告訴我甚麼。然後再跟這島嶼說，感謝這裡的一切。即使白天遇到困難或挫折，晚上靜下來，仍然覺得可以生活在島嶼是種幸福。

4 「天地不慢不快　不好不壞　專心而澎湃」《融雪之前》蘇打綠

當天決定移居島嶼，下飛機後緊張得心跳加速，第一位見面的朋友就是Cherry。她帶我去跟一位香港朋友吃下午茶，聊聊她在島嶼生活的得著和所見所聞，很大程度改變了我的心態，決定從此放下自己一套，虛心學習這島嶼的生活方式。第二天在台南街頭喝咖

▶ 我們一直夢寐以求有曬衫的地方。在天台曬衫時，窗外景色是生活中的小驚喜。

▶ 做好衣服紀念娃娃，我們常帶到巷弄拍照，希望拍出島嶼特色。

啡，看著洶湧的雲，心中響起這首歌：

「不再費疑猜　不再害怕醒過來
不再有不安　有陽光　就有黑暗
放開時間空間而存在」《融雪之前》蘇打綠

5
沒有甚麼必需品，在這島嶼自然可以找到你的所需所愛。

6
最喜歡和家人一起到海邊，在黑沙上浪濤中看夕陽。這是我們在島嶼生活中最珍重的時光。如果景物是一種送贈，這是島嶼給我們最大的禮物。

堒霽

永遠睡不飽的大叔

Instagram : knb_kunchi

因為從前的採訪，所以在琨霽上班的店認識了他，後來又一起在露營活動遇上，沒想到後來被邀請一起登上台灣百岳，在合歡山小溪營地露營、登上雪山、到過南湖大山，都賜他邀請才有機會看到台灣高山的美麗。

每次登山堒霽都會把行程、相關資料、來回交通、「抽山屋」都獨力安排妥當，實在很感激，是很容易令人依賴的隊長。

跟朋友登山這回事，像組樂團，音樂的節奏、混音、各人的合拍和諧，但又能保有個人風格，當中像有一種神秘力量維繫著。而不知哪來的福氣，從第一次和琨霽及他的朋友一起登山，就有像玩樂團的感覺，休息、拍照、睡覺、聊天的時間都自然地合拍，而即使團友來自台灣不同城市，最終也成為了彼此的好友。

這種登山的經驗，珍而重之，感謝隊長帶領啦。

▲一群山友爬山最開心。

1 雖然是個小小的地方，但北、中、南、東所呈現的人文風格非常特別，在這片土地上的人們對於大自然是很感激的。

2 每天早上起來都會打開前一晚拉下的窗簾，讓陽光灑進來，好像房間也因此蘇醒了起來，想像著今天一切順利。

3 謝謝今天的指教，明天也請手下留情。

4 希望可以抱持著勇於嘗試、開心的心情，島嶼上的人們都很願意幫助他人，多多體驗一下當地的美食與風景。

5 我覺得一台可以上山下海的相機，很想把島嶼上的美景留下來細細回味。

6 最喜歡跟好友們一起爬山，再走了一段好長的路，大家一起坐下來煮飯分享每個人帶來的餐食、晚上一起看星空聊天、一起追山頭上的日出、一起討論哪時要再爬下一座山，與大家一起在大自然裡聊天分享就是最愛的時光。

▲奇萊南華的黃金草原。

▲世界無敵好吃的海鮮飯。

小寶

《不然你來當小寶》插畫家

Facebook : bow19870606

為甚麼我對小寶的印象是插畫界傳媒甜心？在之前介紹過的《紙飛機生活誌》、《新活水》都可以看到她的訪問，而且都是在家拍攝的那種，因為小寶的家就是她的工作室，那種強大的插畫力快要從照片中衝出來！

認識小寶是在台北國際書展「Make a Zine」攤位上，她的作品是我喜歡的乾淨線條，而且系列及周邊產品都是如此的豐富！畫風跟故事完整度超水準，根本就是大師級。當時就嚷著要認識她，後來發現她住在台南老宅呀！很是羨慕。

曾到京都打工的她，談到島嶼，還是想到台南的家及工作室，還說自己是「地縛靈」，完全符合自然搞笑但又非常認真的她。最後要說，有次在台南青青元氣陶瓷店搬家前的清貨大減價回饋街坊日，我們竟能於平日的中午在美麗的古厝遇上，你看我、我看你，手上拿到一大堆特價陶瓷食器，當下不知道是當自由業的好處，還是壞處，哈哈，謝謝緣分讓我們成為「街坊」。

1 後來想想，我的島嶼應該就是家吧！那裡有我愛的人和愛我的人，有島貓喵姆，還有一切讓我踏實安心的生活感。

2 因為是自由工作者，在這島嶼待的時間極長，堪稱是「地縛靈」的程度，最常做的事是畫畫和吸貓，焦躁的時候有貓就可以安定心情，但牠也會是讓我焦躁的來源之一。

3 晚上好像沒有太大的感觸，通常是下雨天的時候，躺在床上看著天花板時，心裡會想著「啊～好險當初有遇到你～」

4 我想應該是要很興奮的心情，但那時候的我是慌張的，因緣際會下擁有了這座五十幾年的島嶼，而這座島嶼並不在我的家鄉，想著該如何跟它相處，我花了快三年的時間，才慢慢地找到它和自己能夠平衡舒服的模樣，雖然還沒有完整，但我想時間會把其他元素和物件給帶到這座島嶼，就緩慢地等待著。

5 再怎麼當然是帶食物啊！再來就是任何可以換取食物，讓自己活下去的技能。

6 睡到自然醒，通常是被島貓喵姆在耳邊狂叫，不得不起床餵貓，再睡回籠覺。

意文

雖然是偏鄉兒童，卻超級無敵喜歡爬山。

Instagram：fawoo0407

我跟意文小姐的第一次見面，是2017年琨霽先生約大家登雪山，在那之前我都沒有半個花蓮朋友，在我們的訊息群組內，意文小姐有時會不經意地說出：「偏鄉地區不知道有沒有這種產品。」讓群組內大部分住在台北的朋友，真的哭笑不得，但自從我開始在台南旅居，也覺得自己是偏鄉小孩了。

但同時，意文常常發放非常多上山下海的照片，總覺得即使在台灣，因著不同的城市，風光有著很大的差異，住在海邊，看著太平洋就是不一樣。

我習慣的登山步調是一行七至十人登山，在過程中，慢慢自然地分成兩三小隊，在指定目標前，就是那兩三位腳程差不多的朋友走在一起，相互扶持。初登山時，意文都在我附近，她很會負重，又很會拍照。後來，她變得更厲害了，我都要用追的，才看到她的背影，但登山時，知道有人在你前面，有著「我要看到他的背包」這樣的目標，就會覺得我還可以走下去呀！所以感謝意文的背影及令人怦然心動的照片。

1 很喜歡冒險的感覺，所以希望能有豐富的地理環境足夠我去探索。

2 拉開窗簾，望向窗外，看今日的山脈是否依然清晰。

3 希望明天會是個適合出去踏青的好天氣（笑）。

4 如果初訪這個島嶼，儘管雀躍、期待，因為將會接觸到全然不同的生活體驗。有時會想，雖然剛開始登山，「因為裝備未及專業，曾背上18公斤裝備，在下雨天爬了兩日山百岳奇萊南華山峰，但就是因為好奇，才會遇上那時的風景。

5 相機。細說的話應該是屬於底片相機那種類型，雖然我不曾拍過，但是總覺得比起數碼，底片相機更多了一層意義，即使當下不能百分百捕捉到自己想要的畫面，但是我很喜歡那種出其不意的驚喜感，很獨特的感覺。

6

那些上山下海，與朋友結伴同遊的日子。

夏季的某個假日，載著友人奔波蘇花公路，憑著熱血騎機車至東澳秘境，在海灘上一起被浪花沖上岸，回程背著尚未消氣的泳圈，在山路眺望藍藍粉粉的太平洋。

日出獨木舟，航行在太平洋上，一邊競速、一邊划向中央山脈的起點——烏岩角，在海蝕洞前跳下船，享受在海上載浮載沉的驚奇感。

亞利安

「小巷裡的拾壹號咖啡店」陽台菜園島嶼特有香草種植實驗負責人暨廚娘

Facebook : thealleyno.11

認識亞莉安是在台北一間叫「意思意思」的選物店，她在賣自製有機在地漬物。後來才知道她跟先生在台南市區經營「小巷裡的拾壹號」咖啡店。

有一年準備打颱風，亞利安怕我沒菜吃，在餐廳天台菜園，現採了好多好多地瓜葉給我，人在異鄉得友人供應土地友善食材，第一次抱著那麼綿長的地瓜葉，在不熟悉的房子內，外面即使橫風橫雨，還是覺得不驚不慌，「至少我有地瓜葉！」當時的心裡一定是這樣嘀咕嘀咕著。

從南丫島搬來台南旅居，對於台灣農作物、農業、土地友善食材更有興趣，亞利安是我的啟蒙老師，她總能溫柔地說出面對的困難，教我學習不溫不火，像種菜，急不來，甚至一場大雨、一場颱風，連遮雨棚也吹走，小小菜園又要重新整理，還是不能放棄土地友善食材，人類唯有堅持才能令宇宙回復本來面貌。

▲金銀花，是可以食用的花朵，自己種才安心食用。

▲陽台菜園是亞利安的島嶼一部分，那道隨意門通往另一個叫「咖啡店」的島嶼。

▲公休日常。

▲「島食」是亞利安的品牌，不但有安神茶包，還有漬物等等，都是土地友善的產品。

▲這小小陽台菜園種有不少香港鮮見的食材，這是其中一種叫「香椿」。

1 我心中的島嶼是色彩氣味繽紛，生命力飽滿，兼有熱帶和亞熱帶的氣候，海拔起伏差距大，擁有多樣且豐富植物與生物樣貌，綠意盈盈的寶島。

2 逛菜市場，造訪每攤熟悉的小農，買時蔬話家常。

3 謝謝在我睡覺時值班守護島嶼上每個人的工作人員，因為你們堅守崗位，讓大家能安心就寢。

4 建議抱持著勇於嚐鮮的心情，敞開心胸參與島嶼上的各項民俗活動，融入常民的飲食風俗，就能感受這個島嶼的脈動與熱情。

5 笑容與夾腳拖。

6 在微風徐徐的日子裡，太陽西下時在海邊漫步，讓影子慢慢的拉長，讓時光漸漸的慢下來。

Manda Lin

「黑期哥雜貨店」店主 / 黑期哥餵食專員

香港朋友知道我要旅居台南，紛紛向我介紹《去台灣》黑期哥，久聞大名，飛機降落島嶼不久，便有緣在咖啡廳遇上。黑期哥其實是他們家的主子，披著黑色外套的貓妖。

後來我們由黑期哥帶領，一起到基隆、竹山採訪。那幾天，應該是我在台灣旅居時說過最多廣東話的時候，在還是自由的國度，每個人都有選擇生活的方法，我是旅居，她是移民，心態有些相似，又有些不太相同，其實我蠻喜歡這樣的朋友，因為這樣我才會廣闊心中思想的空間，但骨子裡，就像火鍋的湯底，食材可以不同，但湯底內的成分總有一些是相同，所以味道也有點相似，畢竟大家都在香港傳媒工作過，有些感受心中明白。

Manda 讓我看到，不是土生土長在這島嶼，也可以用自己的眼光、文字，記錄島嶼的風光。島嶼可以是任何一個地方，有天世界如沒有國界，或者就是理想的宇宙，但在希望還沒有來臨的時候，時刻察覺內心的感受，準備隨時迎接那一天的來臨，無論等不等到那天，我們也要在心中找到令人安心入睡的島嶼。

1 在太平洋上的一條大鯨魚，非常美麗。

2 餵貓。

3 謝謝你讓我躺在你的肚皮上安然睡覺。

4 等待著被她的美麗所驚嘆。我來台灣居住三年，上山下海鑽巷子，總是覺得作為一個香港人，能在這麼近的距離有個如此美麗的地方等待著你來探索，十分幸運。

5 一顆每天被生活感動的心。

6 看著山和海放空，跟上一輩聊天，聽他們生活的故事。

Lasa

插畫家

Instagram : lasachang / Facebook：lasaway

Lasa小姐是第一位住在我台南家的好友！我是在第一次參與台北國際書展活動時認識Lasa，她的攤位就在我旁邊。Lasa不是星馬名菜喇沙的意思嗎？這種丟臉問題終究沒有問出口，但後來又在第二屆書展遇上她，那次只有她的作品，擺攤的是世伯、伯母，在看似青年文創的攤位看到非常可愛的父母，畫面是多麼的溫馨，插畫家得到父母的支持是最大的鼓勵，可愛的媽媽還一直跟我說寶貝女兒正在澳門出展。

年初，Lasa知道我在台南，跟我發訊息說：「我在賣飲料，很近你的家。」一時之間我看成「買」飲料所以不為意，十秒想到：呀！是插畫家由彰化來台南「賣」飲料呀！便問她是哪間飲料店那麼好有幸請到你來「賣飲料」！

後來她回我：「就是賣飲料！」簡直像麥兜的故事。

原來店名就是「賣飲料」，隔日到訪，再發現我在六年前第一次到訪台南時，我第一頓早餐就是在「賣飲料」吃的！翻著由Lasa繪製的餐牌，真心覺得自己是不是有點癡呆？

1 有著豐富的生態、物種之間有著良好的動態平衡，其實台灣就是我心中那個島嶼，如果能更尊重自然，這個島嶼會更好。

2 閱讀島上發生的一切，夏日可能是蟬聲和五色鳥鳴叫。

3 你好，明天一樣想看到你好好的。

4 帶著謙卑敬畏的心。

5 浪漫的想是筆記本和筆，能夠記錄下島上美好的事物。實際層面考量，可能帶著有野外生存能力的朋友哈哈。

6 被島上生物和環境溫柔包圍的時候。

祖孟

《紙飛機生活誌》主編

Instagram：mong_zzu

認識祖孟萱，是因為《紙飛機生活誌》，在第三章第八節有所提及，她用真誠的文字給我寄來一封電郵，原來她跟團隊將要到香港九龍城書節出展。旅居三年多，說來慚愧，在香港接待台灣朋友的次數不多，終於有機會跟台灣朋友看看我喜歡的香港。

我們年紀上有十年差距，成長的時代、經歷背景、跟閱讀的書籍都有所不同，那三天的相處後，其實我們便一直沒聯絡，我好奇這位穿梭在書展，一直捧著許多書籍的才女渴求的是甚麼？一年後，我回來了台灣旅居，已快畢業的小妮子，竟台中來台南找我聊天說要寫一本關於「香港人在台灣」的書，由台灣人寫香港的移民、旅居，很令人期待。

我這代八十後，在經濟最好的年代成長、在流行曲、電視劇最百花齊放下的時代化為少女，而又在資訊爆炸的年代出來工作，而她呢？她在理所當然資訊爆炸的環境下成長，卻醉心文字工作、實體書籍，她讓我擁有喜歡的事是多麼美好。那一天，我們由小巷裡的拾壹號咖啡廳談到打烊，又到訪我家，她很想知道我對台灣、旅居的看法，這一種聊天，不是風花雪月，是有著深度令人相互了解的話題。在日常之中，能夠彼此心中的看法，用最真誠的心聆聽對方的話語，我們都離開鍵盤，在微光之下，用最溫柔的聲音及眼神，表達80後、90後對社會的看法，謝謝你安慰了我心臟的某一塊的不安，也在對話之間梳理了自己的思緒，讓我們一起期待祖孟的新書。

1 環海之地，我所愛、所在乎的人們所生活的地方。

2 每天醒來第一件事當然是……繼續賴在床上翻滾一陣子（笑），把今天要做的前三件事在腦子裡排列出來，順便慢慢清醒。如果清醒後發現屋外在下雨，而今天可以窩在家寫東西的話，便會感到非常幸福。起床，洗臉刷牙換衣，為自己點一首歌，下樓買一杯熱拿鐵是最重要的，一日的現場只能在第一口咖啡裡才真正開啟。

在打開所有社群媒體前，給自己二十分鐘的時間寫一些字，可能是今日事項，可能是記下昨晚的夢，當然也有可能是待交的稿，在現身這座實際生活的島嶼與他人的島嶼之前，給予自己內心的島最初的相處時間。

3 白日是我探索與接收這個世界的時間，而大家幾乎都睡了的深夜，對我而言是一天當中最珍貴的，此時我全然屬於自己，從島嶼回到我的島，與我所愛的人事物共享天空與燈火，是最純粹的時光。也因此我的作息時間總是會拉得很長，通常要睡的時候也是天色正亮起的時候了，時常不知道該說晚安還是早安，是長久以來的無聊困擾（笑）。

不過，入睡之前我一定會滑一下新聞，最後關掉螢幕回想一下今天在意的事情，困惑、傷心或是快樂的都想一遍，偶爾寫下一些字默默留下這一天，對自己也對這座島嶼說：無論如何，今天也有用心做些什麼了，好好做到自己能做的，能安穩的在親愛的床上入睡真是太幸福了。

4

2017年的8月，為了雜誌特刊的製作而第一次搭飛機離開台灣大島，前往小小的澎湖離島。身為主編，為確保夥伴及任務在有限的時間及資源內都平安順利，其實最初的心理壓力是非常大的，在行前便以各種方式與島民對話認識，想當然也做盡各種行前調查，對未曾踏足的小島有一個擅自的想像。

然而這些心事，在高空中透過機窗望見無際的湛藍海洋，以及海中央即將降落的小小的島嶼的當下，頓時都沒有那麼重要了。畢竟我們是那麼的渺小啊，不過就是來到這裡相遇了，這才是最重要的。

因此，今天無論任何緣由而來到一座陌生島嶼的話，我想，我們該拋下自身所有已知、可預期的準備與想法，用全然放鬆、沒有包袱的心去感受島嶼本身。相信我，你會發現生命原來能是多麼簡單，那是一種無意識便輕盈起來的快樂，理所當然拋開所有預設，我們能真正身在其中，感受島嶼生活的同時，也重新凝視自己。

5

如果指的是前一題所提到的島嶼，在有電可用的情況下，我一定會帶著電腦或手機；如果是不確定是否有電力的孤島，我會帶上紙筆。無論哪一種，目的都是為了書寫。寫下

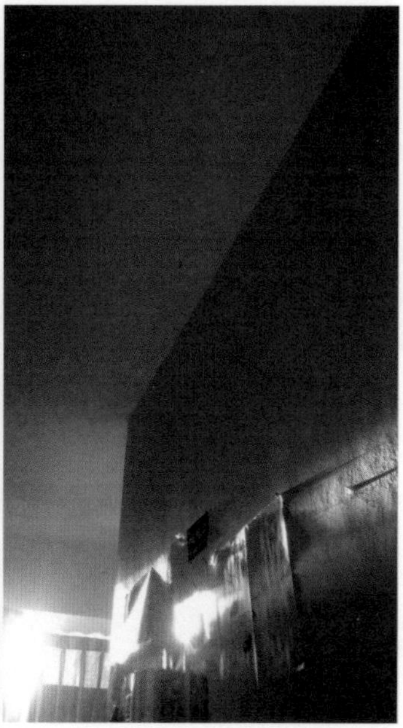

▲島上的每一個日子都走得剛剛好，白日有人，夜晚有光，所有不期而遇及計畫內的脫軌時時穿過我，我時常想起自己，也想起你，我們都很幸福。

這些所見所感是絕對必須的，唯有透過書寫我才能梳理場景及幽微的思緒，帶他人進入我的現場，對內對外都是不可替代的連結。

至於其他生活必需，我想只要不是無人島，總是有辦法的，島民們最善良了。啊，可以的話，我還會帶上自己的幾本書還有音樂。享受與他人及島嶼共度的時光之餘，無書可讀想必會非常痛苦，音樂在許多無需言語的時刻是必要的。

6
與我所愛、所在乎的人們專心共度的時光。

後記

那海浪載我回家

這是在南丫島大坪村生活的最後一個晚上，晚風蟲鳴、飛機劃過的聲音一切如常，房子裡餘下的物品不多，今晚瑜伽墊是我的床鋪，最後的「家徒四壁」，心境跟屋外的空氣竟一致地平靜，好友安生小姐特別前來應援，她也安心地睡在明天將會送到島民家的沙發。

在南丫島釋出舊物，沒有人問你的東西是二手或三手，反正合用，便有島民再用。小島上，有幾個島民必經之處，總放著二手物品，書本、衣服、香薰、玻璃瓶。不用刻意，免費地各取所需，這是我喜歡南丫島的風景之一。

你有到過南丫島嗎？

由中環四號碼頭坐船到南丫島榕樹灣，不過是30分鐘。那裡有三支大煙囪，那不是垃圾焚化爐，那是發電廠，為香港島、鴨脷洲及南丫島提供電力。

南丫島是香港第二大島嶼，僅次於大嶼山，除了煙囪外，小島還有許多特色。

1 非正式統計，南丫島住了六十多個國籍人士。

2 小島上有迷你鄉村版緊急救援消防車、救護車，以及超迷你可載貨不可載人且使用石油氣驅動的村車 village vehicle 外，但小島上沒有其他汽車，也沒有交通燈。

3 這些 village vehicle 因為車牌以 VV 開頭，島民都稱它們為「VV 車」，司機則是「VV 車大哥」。

4 比較繁榮及人多的碼頭為榕樹灣，其實榕樹灣跟索罟灣都有美味海鮮，一樣新鮮可靠。

5 非正式統計，南丫島是素食餐廳及有機產品、自耕農田密度最高的島。

6 島上只有一間銀行，職員輝哥人很好，這分行是配合坪洲分行營業時間的，所以輝哥跟同事，一星期分別有三日在坪洲、三日在南丫島上班，同時服務兩島島民，是香港罕有不是每天營業的銀行。

7 島上的郵局，非常有可能是聖誕期間最忙碌的郵局，看到華人時，職員會很開心跟你聊天，而且地磚竟是「花磚」。

8 島上還有來往香港仔的船，那上落船的碼頭叫「北角村碼頭」，那是我心中最容易到達又最美的碼頭。

9 小島沒有大型連鎖店，但生活用品、蔬菜、水果、麵包、肉類都非常非常新鮮好吃，種類又多。

10 小島上有間餐廳叫「農舍」，已經營了15年，是土地友善西式素食餐廳。沙拉菜是南丫島菠蘿山莊種的，這間餐廳為了供應早餐給坐最早一班船上學上班的島民，早上5時半便營業。

▲已經上了天國的 Dog Dog 是南丫島的島毛孩，謝謝你讓我在你最後的日子能遇見你。

▲花花小姐，也是我們親愛的毛孩貓，敬請遠觀。

▲來到小島認識了「紫竹梅」，其堅強的生命力，支持了當時的我。

▲居於小島時，家裡九成傢具都是朋友送的，其實生活本來就可以這樣。在島上沒有電視、沒有連鎖店，有更多時間做想做的事，例如造香錐。

▲「農舍」廚娘玲姐教我做 pizza 皮，直接說我沒天分，太可愛了。

如果不是迫遷，我或者還留在南丫島生活，還會在早上 5 時半在「農舍」賣咖啡及早餐，每天經過的島民都一樣，每隔 20 分鐘便看到相同的島民在眼前奔跑到碼頭。

這小島我推薦朋友去看看，可以登山、可以小住，香港人甚至可以境內旅居。

現在旅居台南的我，是由南丫島滋養出來的，在人生最低潮的時候得到機會來南丫島作島民，連這書的誕生也是從這小島開始。

這小島非常值得香港人自豪！

尤其感謝「農舍」的老闆及同事在這期間的照顧，離別在新年期間，沒有太多的傷感，但你們的健康營養餐滋養了當時的我，我的好同事帶我認識每位經過的島民，每次出島也為我帶來好吃的東西。我珍惜在那些清晨談論到生活態度及理想的發展。

短暫的相遇，在我快要相信人性本惡的時候，不知不覺拯救了我，我說不知不覺是因為這小島上的人，都是真誠地做著自己，不為任何原因討好別人，就像每一個夕陽都是如此的平靜安穩，就像每一個日出都是從海邊升起。

而你們卻沒有特別而為，就像生活本應如此。

MiniCherryb@今日大吉

2019 年 2 月 8 日

香港青年協會簡介

香港青年協會

香港青年協會（簡稱青協）於1960年成立，是香港最具規模的青年服務機構。隨著社會不斷轉變，青年所面對的機遇和挑戰時有不同，而青協一直不離不棄，關愛青年並陪伴他們一同成長。本著以青年為本的精神，我們透過專業服務和多元化活動，培育年青一代發揮潛能，為社會貢獻所長。至今每年使用我們服務的人次達600萬。在社會各界支持下，我們全港設有80多個服務單位，全面支援青年人的需要，並提供學習、交流和發揮創意的平台。此外，青協登記會員人數已達45萬；而為推動青年發揮互助精神、實踐公民責任的青年義工網絡，亦有逾20萬登記義工。在「青協．有您需要」的信念下，我們致力拓展12項核心服務，全面回應青年的需要，並為他們提供適切服務，包括：青年空間、M21媒體服務、就業支援、邊青服務、輔導服務、家長服務、領袖培訓、義工服務、教育服務、創意交流、文康體藝及研究出版。

e-Giving

香港青年協會 專業叢書統籌組 簡介

香港青年協會專業叢書統籌組多年來透過總結前線青年工作經驗，並與各青年工作者，包括社工、教育工作者、家長等合作，積極出版各系列之專業叢書，包括青少年輔導系列、青年就業系列、青年創業系列、親職教育系列、教育服務系列、領袖訓練系列、創意教育系列、青年研究系列、青年勵志系列、義工服務系列及國情教育系列等，分享及交流青年工作的專業發展及青少年的最新狀況。

為進一步鼓勵青年閱讀及創作文化，本會建立「好好閱讀」平台，並推出了青年讀物系列及「青年作家大招募」計劃，為青年帶來更多選擇以及出版平台。

除此之外，本會出版中文雙月刊《青年空間》及英文季刊《Youth Hong Kong》，於各大專院校及中學免費派發，以聯繫青年，並推動閱讀文化。

閱讀

books.hkfyg.org.hk
網上書店

cps.hkfyg.org.hk | hohoreading

「青年作家大招募」計劃簡介

為了鼓勵青年發揮寫作才能，透過文字表達自己，本會自2016年開始推出「青年作家大招募」計劃，為青年帶來更多選擇以及出版平台，實現出書夢。計劃至今已為七位本地青年作家出版他們的作品，包括《漫遊小店》、《不要放棄「字」療》、《49+1生活原則》、《細細個嗰一刻》，以及今年獲選作品《早安，島嶼》、《咔嚓！遊攝女生》、《廢青姊妹日常》，透過文字、相片、插畫，分享年輕人獨一無二的故事。

出版 ： 香港青年協會
訂購及查詢 ： 香港北角百福道 21 號
香港青年協會大廈 21 樓
專業叢書統籌組
電話 ： (852) 3755 7108
傳真 ： (852) 3755 7155
電郵 ： cps@hkfyg.org.hk
網頁 ： hkfyg.org.hk
網上書店 ： books.hkfyg.org.hk
M21 網台 ： M21.hk
版次 ： 二零一九年七月初版
國際書號 ： 978-988-79950-0-5
定價 ： 港幣 100 元
顧問 ： 何永昌
督印 ： 魏美梅
作者 ： 陳盈盈
執行編輯 ： 林茵茵、周若琦
實習編輯 ： 吳卓琳、李沛玲、林穎茵、湯璧瑜、黃采萱、蕭卓維
設計及排版 ： 4res
設計統籌 ： 徐梓凱
製作及承印 ： 美力（柯式）印刷有限公司

Good Morning, Island
Publisher : The Hong Kong Federation of Youth Groups
21/F, The Hong Kong Federation of Youth Groups Building,
21 Pak Fuk Road, North Point, Hong Kong
Printer : Magnum (Offset) Printing Co Ltd
Price : HK$100
ISBN : 978-988-79950-0-5

青協 App
立即下載